Ouvrage publié originellement par The Bodley Head,
un département de Random house Children's Books
sous le titre *The Spook's Apprentice*
Texte © 2004, Joseph Delaney
Illustration de couverture © 2004, David Wyatt

Pour la traduction française
© Bayard Éditions Jeunesse, 2005
3, rue Bayard, 75008 Paris
ISBN 13 : 978-2-7470-1710-7
Dépôt légal : mars 2005
Neuvième édition

L'APPRENTI ÉPOUVANTEUR

Traduit de l'anglais par Marie-Hélène Delval

JOSEPH DELANEY

BAYARD JEUNESSE

À Marie

Le point le plus élevé du Comté
est marqué par un mystère.
On dit qu'un homme a trouvé la mort à cet endroit,
au cours d'une violente tempête,
alors qu'il tentait d'entraver une créature maléfique
menaçant la Terre entière.
Vint alors un nouvel âge de glace.
Quand il s'acheva, tout avait changé,
même la forme des collines
et le nom des villes dans les vallées.
À présent, sur ce plus haut sommet des collines,
il ne reste aucune trace de ce qui y fut accompli,
il y a si longtemps.
Mais on en garde la mémoire.
On l'appelle *la pierre des Ward.*

1
Un septième fils

Lorsque l'Épouvanteur se présenta, le jour
commençait à baisser. Une longue et dure journée de travail s'achevait et je m'apprêtais à souper.

– Vous êtes bien sûr que c'est un septième fils ?
demanda-t-il en m'examinant d'un air dubitatif.

Papa acquiesça.

– Et vous étiez vous-même un septième fils ?

Papa hocha de nouveau la tête et se mit à danser
nerveusement d'un pied sur l'autre, éclaboussant
mon pantalon de boue et de purin. Sa casquette
trempée dégoulinait. La pluie n'avait pratiquement
pas cessé depuis un mois. Les arbres commençaient
à bourgeonner, mais le printemps tardait à venir.

Mon père était fermier, comme son père avant lui. Et le premier souci d'un fermier est de conserver ses terres. Pas question de les partager entre ses enfants ! Les parcelles se réduiraient à chaque génération jusqu'à ce qu'il n'en reste rien. Un père lègue donc sa ferme à son fils aîné et place les autres en leur trouvant autant que possible un bon métier.

Mieux vaut donc être bien vu du voisinage ! Si on possède une grosse ferme et qu'on ait confié au forgeron de nombreux travaux, il accepte parfois un apprenti. Cela fait déjà un fils de casé.

J'étais le septième enfant, et toutes les possibilités avaient été épuisées. En désespoir de cause, papa envisageait de m'envoyer comme apprenti auprès de l'Épouvanteur. C'était du moins ce que je croyais comprendre. J'aurais dû me douter que maman était derrière tout ça...

Maman était derrière beaucoup de choses. Longtemps avant ma naissance, c'était son argent qui avait payé notre ferme. Comment mon père, un septième fils, aurait-il pu se permettre une telle dépense ?

Maman n'était pas d'ici. Elle venait d'un pays au-delà de la mer et, en l'écoutant attentivement, on remarquait sa façon particulière de prononcer certains mots.

N'allez pas imaginer qu'on voulait me vendre comme esclave ou quelque chose de ce genre ! J'en avais plus qu'assez des travaux de la ferme, de toute façon. Et ce que les gens d'ici appelaient la « ville » n'était qu'un hameau perdu au milieu de nulle part. Je n'avais aucune envie d'y passer le reste de mes jours. Donc, dans un sens, je ne détestais pas l'idée de devenir épouvanteur. C'était probablement plus intéressant que de traire les vaches et d'épandre le fumier. Seulement, ce n'était guère rassurant. Je devrais apprendre à protéger les fermes et les villages de créatures qui surgissent à la faveur de la nuit ; affronter goules, démons et autres monstruosités serait mon lot quotidien. Car telle était la tâche de l'Épouvanteur, et j'allais, semblait-il, devenir son apprenti.

– Quel âge a-t-il ? demanda l'Épouvanteur.

– Il aura ses treize ans en août.

– Pas bien grand pour son âge... Il sait lire et écrire ?

– Oui, répondit papa. Il connaît même le grec. Sa mère le lui a enseigné, et il le parlait quasiment avant de savoir marcher.

L'Épouvanteur hocha la tête et se tourna vers la maison, au bout de l'allée boueuse, comme s'il avait entendu quelque chose. Puis, haussant les épaules, il déclara :

– Ce n'est déjà pas une vie facile pour un homme, alors, pour un gamin...! Vous pensez qu'il en sera capable ?

— Il est fort, et il sera plus grand que moi quand il aura achevé sa croissance, affirma mon père en se redressant de toute sa taille.

Même ainsi, le sommet de son crâne arrivait tout juste à la hauteur du menton de l'Épouvanteur.

Soudain, celui-ci sourit. Je ne m'y attendais pas. Son large visage semblait taillé dans la pierre, et jusqu'à cet instant il m'avait paru redoutable. Son long manteau noir à capuche lui donnait l'allure d'un prêtre, mais quand il vous regardait en face son expression sinistre évoquait plutôt celle du bourreau prêt à vous passer la corde au cou. Les mèches de cheveux qui s'échappaient du capuchon étaient du même gris que sa barbe, tandis que ses sourcils broussailleux étaient noirs, et noires les touffes de poils sortant de ses narines. Il avait les yeux verts, comme moi.

Je notai alors un détail intéressant : il tenait un long bâton. Ça, bien sûr, je l'avais vu dès son arrivée. Mais je venais seulement de remarquer qu'il le tenait de la main gauche.

Était-il gaucher, lui aussi ?

Cette particularité m'avait causé des ennuis sans fin, à l'école du village. On avait même eu recours au curé de la paroisse, qui m'avait longuement examiné en me répétant avec force soupirs qu'il me faudrait combattre ce défaut avant qu'il soit trop tard. Je ne savais pas ce qu'il entendait par là. Ni mon père ni mes frères n'étaient gauchers. Ma mère, il est vrai, était plutôt maladroite, mais ça ne la souciait guère. Lorsque le maître avait menacé de combattre cette mauvaise habitude en attachant mon crayon à ma main droite, elle m'avait retiré de l'école et m'avait fait la classe elle-même à la maison.

– Combien vous dois-je pour son apprentissage ? demanda papa, coupant le fil de mes pensées.

On passait aux choses sérieuses.

– Deux guinées pour le mois. S'il me convient, je reviendrai à l'automne et vous me paierez dix autres guinées. Sinon, je vous le renverrai et ne vous compterai qu'une guinée de plus, en dédommagement.

Papa opina ; le marché était conclu. Nous entrâmes dans la grange et papa remit à l'Épouvanteur la somme convenue. Ils n'échangèrent pas de poignée de main. Personne ne voudrait toucher un épouvanteur. Mon père se comportait bravement, tout en se tenant à six pieds de distance de notre visiteur.

– J'ai à faire dans les environs, dit l'Épouvanteur. Je repasserai chercher le garçon aux premières lueurs du jour. Assurez-vous qu'il soit prêt, je n'aime pas attendre.

Dès qu'il se fut éloigné, papa me tapa sur l'épaule :

– C'est une nouvelle vie qui commence, fils. Va te laver ! Tu n'es plus un fermier, désormais.

Quand j'entrai dans la cuisine, mon frère Jack tenait sa femme, Ellie, par la taille, et elle le regardait en souriant. J'aime beaucoup Ellie. Elle est chaleureuse, attentive et amicale. Maman dit qu'épouser Ellie a été une bonne chose pour Jack : elle a le don d'apaiser sa nervosité.

Jack est l'aîné et le plus grand de nous tous. Papa prétend en blaguant que c'est le moins laid de la portée. Je ne suis pas d'accord. C'est vrai que Jack est bien charpenté ; il a des yeux bleus et un air de bonne santé, mais ses vilains sourcils broussailleux se rejoignent au-dessus du nez. Je dois cependant reconnaître qu'il a su séduire une gentille et jolie femme. Les cheveux d'Ellie ont la couleur de la paille trois jours après la moisson, et sa peau irradie à la lumière des chandelles.

– Je pars demain matin, lâchai-je. L'Épouvanteur vient me chercher à la première heure.

Le visage d'Ellie s'éclaira :

– Il a accepté de te prendre !

Je hochai la tête :

– Il m'accorde un mois d'essai.

– C'est merveilleux, Tom ! Je suis vraiment contente pour toi.

– Je n'y crois pas ! s'esclaffa Jack. Apprenti d'un épouvanteur ! Toi qui ne peux pas t'endormir sans laisser ta chandelle allumée !

Je ris, mais il avait touché juste. Il m'arrive de voir des choses dans le noir, et un peu de lumière est le seul moyen de les tenir à l'écart si je veux trouver le sommeil.

Mon frère vint vers moi, me ceintura et me traîna autour de la table de la cuisine en poussant des rugissements. C'est sa façon de manifester son enthousiasme. Je lui opposai juste assez de résistance pour qu'il soit content, et il finit par me libérer en me tapotant le dos :

— Bravo, Tom ! Avec un boulot pareil, ta fortune est assurée ! Il y a juste un petit problème...

— Lequel ? demandai-je.

— Tu dépenseras chaque penny gagné. Tu sais pourquoi ?

— Non.

— Parce que tes seuls amis seront ceux que tu achèteras.

Je haussai les épaules ; pourtant il y avait du vrai dans ces paroles. Un épouvanteur travaille et vit seul.

— Voyons, Jack ! se fâcha Ellie. Ne sois pas méchant comme ça !

— Je blaguais, se défendit mon frère, visiblement étonné que sa femme fasse une histoire pour si peu.

Ellie se tourna vers moi, et je vis son visage s'attrister soudain :

– Oh, Tom ! Tu ne seras pas là pour la naissance de notre bébé !

Elle paraissait si déçue que je me sentis tout malheureux à l'idée de ne pas voir ma petite nièce. Maman avait prédit que l'enfant serait une fille, et elle ne se trompait jamais.

– Je reviendrai à la maison dès que possible, promis-je.

Ellie s'efforça de sourire, et Jack passa un bras autour de mes épaules :

– Tu pourras toujours compter sur la famille, Tom. Nous serons là si tu as besoin de nous.

Une heure plus tard, je m'assis à table pour souper, sachant qu'au matin je serais parti. Papa récita le bénédicité, et nous marmonnâmes tous « Amen », sauf maman. Comme d'habitude, elle fixait son assiette, attendant poliment que nous ayons terminé. Elle eut alors un petit sourire, un sourire très tendre, à moi seul destiné, qui me mit du baume au cœur.

Le feu dansait dans l'âtre, répandant une bonne chaleur. Le cuivre du chandelier posé au centre de notre table était si bien astiqué que nos visages s'y reflétaient. La chandelle était en cire d'abeille. La cire était un produit cher, mais maman ne supportait pas l'odeur du suif dans la cuisine. Si papa prenait presque toutes les décisions concernant la ferme, dans certains domaines maman faisait à son idée.

Tandis que nous attaquions nos larges portions de ragoût fumant, je fus frappé de voir combien papa semblait vieux, ce soir-là – vieux et fatigué. Un voile de tristesse assombrissait de temps à autre son visage. Il s'anima un peu en débattant avec Jack du cours du porc et de l'opportunité d'appeler le charcutier pour tuer les cochons.

– Attendons encore un mois ou deux, proposait papa. Je suis sûr que les prix vont monter.

Jack n'était pas d'accord, et tous deux se mirent à argumenter. C'était le genre de discussion amicale que l'on peut avoir en famille, et papa y prenait visiblement plaisir. Cependant, je n'intervins pas. Ça ne me concernait plus. Comme papa l'avait déclaré, j'en avais terminé avec la vie de fermier.

Maman et Ellie papotaient tout bas en riant. Je n'arrivais pas à saisir ce qu'elles disaient, car Jack était lancé et parlait de plus en plus fort. À un regard que maman lui jeta, je compris qu'elle en avait assez de ses éclats de voix.

Indifférent aux coups d'œil de notre mère, et continuant d'ergoter à grand bruit, Jack tendit la main pour attraper la salière et la renversa acciden-tellement. Un petit cône de grains blancs se forma sur la table. Jack en prit une pincée, qu'il jeta par-dessus son épaule gauche. Selon une vieille superstition, gaspiller le sel attire le mauvais sort, et ce geste est censé le conjurer.

— Il est inutile d'ajouter du sel à ce plat, de toute façon, le réprimanda maman. Cela gâcherait le ragoût et vexerait la cuisinière.

— Désolé, maman ! s'excusa mon frère. Tu as raison, ce ragoût est parfait.

Elle lui sourit, puis se tourna vers moi :

— Personne ne s'intéresse à Tom. Ce n'est pas très gentil, pour son dernier soir à la maison.

— Ça va, maman, affirmai-je. Je suis content d'être là, à vous écouter.

— Eh bien, moi, fit-elle en remuant la tête, j'ai plusieurs choses à te dire. Reste à la cuisine après le souper, que nous ayons une petite conversation !

Ainsi, quand Jack, Ellie et papa se furent retirés dans leurs chambres, je m'assis près du feu et j'attendis patiemment que maman vienne me parler.

Maman n'était pas du genre à faire des embarras. Elle commença simplement par énumérer ce qu'elle mettait dans mon bagage : un pantalon de rechange, trois chemises et deux bonnes paires de chaussettes qui n'avaient été reprisées qu'une fois.

Je fixai les braises, tapotant les dalles du bout du pied, quand elle approcha son rocking-chair et s'installa face à moi. À part quelques mèches grises qui striaient sa chevelure noire, elle n'avait pas changé depuis l'époque où j'étais à peine assez grand pour grimper sur ses genoux. Son regard était toujours aussi vif, et, malgré la pâleur de sa peau, elle était l'image même de la santé.

– C'est notre dernière occasion de discuter tous les deux avant ton départ, dit-elle. Tu franchis une étape importante : tu vas quitter la maison, apprendre à te débrouiller seul. Si tu as quoi que ce soit à dire, quoi que ce soit à demander, c'est le moment.

Aucune question ne me vint à l'esprit ; je n'arrivais même pas à penser. Ses paroles m'avaient fait monter les larmes aux yeux.

Le silence s'étira, troublé seulement par le *tap tap* de mes pieds sur le carrelage. Maman finit par soupirer :

– Qu'est-ce qui ne va pas ? Le chat a avalé ta langue ?

Je haussai les épaules.

– Arrête de gigoter, Tom, et écoute-moi attentivement. Avant toute chose, attends-tu demain et ton nouveau travail avec impatience ?

Je me souvins des paroles de Jack, prétendant que je devrais acheter mes amis.

– Je n'en suis pas sûr, maman, avouai-je. Personne n'a envie de côtoyer un épouvanteur. Je serai toujours seul, sans amis.

– Ce ne sera pas aussi terrible que tu le penses. M. Gregory, ton maître, deviendra vite un ami, tu verras. De plus, tu seras fort occupé, avec tant de choses nouvelles à apprendre ; tu n'auras pas le temps de souffrir de la solitude. N'est-ce pas une perspective excitante ?

– Si, c'est excitant ; et c'est effrayant. J'ai envie de faire ce travail, mais je doute d'en être capable. Une partie de moi désire voyager, découvrir d'autres lieux, mais ce sera dur de ne plus vivre ici. Tu me manqueras. La maison me manquera.

– Tu ne peux pas rester, insista maman. Ton père vieillit. Dès l'hiver prochain, il laissera la ferme à Jack. Ellie va bientôt avoir son bébé ; elle en aura sans doute plusieurs autres. Un jour, il n'y aura plus de chambre pour toi. Mieux vaut que tu en prennes ton parti avant que cela n'arrive. Non, tu ne peux pas rester.

Sa voix me parut froide, plus pointue qu'à l'ordinaire. Qu'elle s'adresse à moi sur ce ton me troubla si douloureusement que j'en eus le souffle coupé. Je n'avais plus qu'une envie : aller me mettre au lit. Mais maman avait encore beaucoup à dire. Je l'avais rarement entendue aligner tant de mots à la suite.

– Tu as un travail à faire, et tu le feras, reprit-elle avec fermeté. De plus, tu le feras bien. J'ai épousé ton père parce qu'il était un septième fils. Et je lui ai donné six fils avant de t'avoir, toi. Tu es le septième d'un septième, et tu as le don. Ton maître est encore en pleine possession de ses forces, mais il a vécu sa meilleure part, et son temps va vers sa fin. Voilà presque soixante ans qu'il arpente le pays, accomplissant sa tâche. Bientôt, ce sera ton tour. Et, si tu ne tiens pas ton rôle, qui le tiendra ? Qui prendra soin des gens ordinaires ? Qui les protégera des êtres malfaisants ? Qui assurera la sécurité dans les fermes, les villages et les villes ? Qui permettra aux femmes et aux enfants de se promener sans peur le long des rues et des chemins ?

Je ne savais que répondre et n'osais la regarder dans les yeux. Je réussis du moins à ravaler mes larmes.

– J'aime chacun de ceux qui habitent cette maison, poursuivit-elle d'une voix plus douce. Toi, tu n'es encore qu'un garçon en pleine croissance. Mais, dans ce comté, tu es le seul qui soit réellement semblable à moi. Et tu es le septième fils d'un septième fils. Tu as le don, et la force d'accomplir ce qui doit être accompli. Je serai fière de toi, j'en suis sûre.

Elle se leva en concluant :

– Bien ! Je suis contente que nous ayons eu cette conversation. Maintenant, au lit ! Demain est un grand jour, il faut que tu sois en forme.

Elle me serra dans ses bras et me regarda avec un bon sourire. Je fis de mon mieux pour paraître réjoui et lui sourire en retour ; mais, arrivé dans ma chambre, je m'assis sur le bord de mon lit, les yeux dans le vague, ressassant ce qu'elle m'avait dit.

Maman est une personne respectée dans le voisinage. Elle connaît mieux les herbes et les potions que le médecin local ; et, lorsqu'un bébé se présente mal, la sage-femme ne manque pas de l'envoyer chercher. Maman est une experte en accouchements par le siège. Parfois, des bébés tentent de naître les fesses devant, et maman sait les remettre dans le bon sens alors qu'ils sont encore dans le ventre de leur mère. Dans le comté, des douzaines de femmes lui devaient la vie. En tout cas, c'était ce que répétait papa, car je n'avais jamais entendu maman s'en vanter. Elle faisait ce qu'il y avait à faire, rien de plus. C'était aussi ce qu'elle attendait de moi. Et je ne voulais pas la décevoir.

Cependant, qu'avait-elle voulu dire ? Qu'elle avait épousé mon père et mis au monde mes six frères simplement pour que je naisse, moi ? J'avais du mal à le croire.

Après avoir tourné et retourné cette question dans ma tête, j'allai m'installer dans mon vieux fauteuil d'osier, devant ma fenêtre qui donnait au nord, et je regardai à travers les carreaux.

La lune baignait la campagne d'une lumière d'argent. Je distinguais – au-delà de la cour de la ferme, au-delà des champs, au-delà des pâturages –

la limite de nos terres, à mi-chemin de la colline du Pendu. J'aimais ce paysage. J'aimais la colline du Pendu, perdue dans la distance, telle que je pouvais la voir de ma fenêtre.

Depuis des années, c'était mon rituel du soir, avant de me mettre au lit. Je contemplais cette colline et j'essayais d'imaginer ce qu'il y avait derrière. Je savais qu'on y trouvait d'autres prés, d'autres champs, et, plus loin, un village – une douzaine de maisons, une petite église et une école minuscule. Pourtant mon imagination me faisait voir tout autre chose. Je me figurais de blanches falaises surplombant l'océan, ou bien une forêt, ou une grande cité étincelante de lumières, avec de hautes tours.

En cet instant, néanmoins, en contemplant la colline, je me souvenais aussi de mes peurs. De loin, ça allait ; mais je n'avais jamais eu envie de m'en approcher. La colline du Pendu, vous vous en doutez, n'avait pas été nommée ainsi par hasard...

Un siècle auparavant, une guerre avait ravagé le pays, et tous les hommes du comté y avaient pris part. Ce conflit avait été l'un des pires qui soient, une de ces épouvantables guerres civiles où les familles s'entre-déchirent, où l'on se bat parfois frère contre frère.

Au cours du dernier hiver de la guerre, une bataille s'était déroulée aux abords du village. À la fin, les vainqueurs avaient conduit leurs prisonniers jusqu'à la colline et les avaient pendus aux arbres de la pente exposée au nord. Ils avaient pendu également quelques-uns de leurs hommes, accusés de lâcheté devant l'ennemi. Il existait cependant une autre version de cette histoire : ces prétendus lâches auraient refusé de combattre des voisins et des parents.

Jack lui-même n'aimait pas mener les bêtes du côté de la colline, et les chiens refusaient de franchir la lisière du bois. Quant à moi, sensible comme je l'étais à des choses que les autres ne percevaient pas, j'étais incapable de travailler dans les pâtures proches, car je pouvais *les* entendre. J'entendais les cordes grincer au vent, et les branches craquer sous le poids des corps. J'entendais les mourants s'étouffer et s'étrangler.

Maman avait dit que j'étais semblable à elle. Ce qui est sûr, c'est qu'elle était semblable à moi : je savais qu'elle aussi pouvait voir des choses que les autres ne voient pas. Un hiver, à l'époque où je n'étais encore qu'un bambin et où tous mes frères vivaient sous notre toit, les bruits venus de la colline étaient si forts, la nuit, qu'ils me parvenaient jusque dans ma chambre. Mes frères n'entendaient rien ; moi, si. Et je n'arrivais pas à dormir. Maman venait à mon chevet chaque fois que je l'appelais, alors qu'elle était debout dès le chant du coq pour assurer toutes les tâches ménagères.

Elle finit par me dire qu'elle allait s'en occuper. Une nuit, elle monta seule sur la colline du Pendu, et s'aventura sous les arbres. Quand elle revint, tout était tranquille, et ce calme dura plusieurs mois.

Sur un point au moins je ne ressemblais pas à maman : elle était beaucoup plus courageuse que moi.

2
En chemin

Je me levai une heure avant l'aube. Maman était déjà dans la cuisine, préparant des œufs au bacon, mon petit déjeuner préféré.

Papa descendit au moment où je nettoyais mon assiette avec une tranche de pain. En me souhaitant le bonjour, il tira de sa poche un objet qu'il me mit dans la main. C'était le briquet à amadou qui avait appartenu à son grand-père, puis à son père. Il y tenait beaucoup.

– Je veux que tu l'emportes, fils, déclara-t-il. Il pourra t'être utile dans ton nouveau métier. Et reviens nous voir bientôt ! Le fait de quitter la maison ne t'interdit pas de nous rendre visite.

— C'est l'heure, intervint maman en me serrant encore une fois dans ses bras. Il est au portail. Ne le fais pas attendre !

On n'aimait pas les attendrissements, dans la famille. Nous nous étions déjà dit au revoir, aussi je sortis seul dans la cour.

J'aperçus l'Épouvanteur, de l'autre côté du portail, haute silhouette noire dans la lumière grise du petit jour. Le capuchon rabattu sur la tête, il était là, immobile, son bâton dans la main gauche. Je marchai vers lui, balançant mon baluchon. Je me sentais fort nerveux.

Je fus surpris de le voir pousser la grille et s'avancer dans notre cour.

— Allons-y, mon garçon ! dit-il. Autant prendre tout de suite le chemin qui sera le nôtre.

Et, au lieu d'emprunter la route, il contourna la maison et se dirigea vers le nord, droit vers la colline du Pendu. Bientôt, nous traversions les dernières pâtures, et mon cœur se mit à cogner. L'Épouvanteur franchit la clôture avec l'agilité d'un jeune homme ; moi, je me figeai sur place. Les mains sur la planche de la barrière, j'écoutais la plainte des branches ployant sous leur sinistre charge.

— Qu'est-ce qui ne va pas, mon garçon ? demanda l'Épouvanteur en se retournant. Si, à peine sorti de chez toi, tu te laisses effrayer, tu ne me seras d'aucune utilité.

J'inspirai profondément et j'escaladai la clôture. Nous commençâmes à grimper la pente, et l'obscurité qui régnait sous les arbres masqua la lueur de l'aube. Plus nous montions, plus il faisait froid, et plus je grelottais. C'était un froid à vous donner la chair de poule et à vous faire dresser les cheveux sur la nuque, un froid annonciateur d'un phénomène anormal. Il m'était arrivé de le sentir à l'approche de quelque chose qui n'appartenait pas à notre monde.

Quand nous eûmes atteint le sommet de la colline, je me retournai. Alors, je les vis, au-dessous de moi. Ils étaient au moins une centaine, un même arbre en portant parfois deux ou trois. Ils étaient en uniforme de soldats, avec de larges ceintures de cuir et de lourdes bottes, les mains liées dans le dos. Certains se débattaient avec l'énergie du désespoir, et la branche à laquelle ils étaient accrochés pliait et remontait. D'autres tournoyaient lentement au bout de la corde, d'un côté, puis de l'autre.

Le vent me jeta au visage un souffle si glacé, si mauvais, que, de toute évidence, il ne pouvait être naturel. Les arbres se courbèrent, les feuilles séchèrent et tombèrent d'un coup. En un instant, les branches se trouvèrent dénudées. Quand le vent se fut calmé, l'Épouvanteur posa la main sur mon épaule et me força à avancer. Nous nous arrêtâmes devant l'un des pendus.

– Regarde-le, m'ordonna l'Épouvanteur. Que vois-tu ?

– Un soldat mort, répondis-je d'une voix chevrotante.

– Quel âge a-t-il, à ton avis ?

– Dix-sept ans, pas plus.

– Bonne réponse, mon garçon. Maintenant, dis-moi, as-tu peur ?

– Un peu. Je n'aime pas être si près de lui.

– Pourquoi ? Tu n'as aucune raison d'avoir peur. Il n'y a rien là qui puisse te faire du mal. Concentre-toi sur lui, pas sur toi. Qu'a-t-il éprouvé ? Quelle a été sa plus grande souffrance ?

Je tentai de me mettre à la place du jeune soldat et d'imaginer son agonie. La douleur, la lutte contre l'étouffement avaient dû être terribles. Mais il y avait eu pire...

– Il a compris qu'il allait mourir, et qu'il ne rentrerait jamais à la maison, qu'il ne reverrait jamais sa famille, murmurai-je.

Comme je prononçais ces mots, une vague de tristesse me submergea. Au même moment, les pendus commencèrent à s'effacer lentement, jusqu'à ce que nous soyons seuls, sur la colline, et que les arbres aient retrouvé leurs feuilles.

– Comment te sens-tu, à présent ? As-tu encore peur ?

Je secouai la tête :

– Non. Je suis seulement triste.

– Très bien, petit. Tu apprends vite. Nous sommes l'un et l'autre le septième fils d'un septième fils, et nous avons le don de voir ce que les autres ne voient pas. Ce don est parfois une malédiction. Si nous avons peur, certains êtres se nourriront de cette peur ; notre peur les rend plus forts. Le seul moyen de leur tenir tête, c'est de te concentrer sur ce que tu vois et de cesser de penser à toi. C'est toujours efficace.

L'Épouvanteur continua :

– La vision de ces pendus était horrible, mais ce n'étaient que des ombres venues d'un autre temps. On ne peut plus rien pour eux, sinon les laisser s'estomper. Dans une centaine d'années, il n'en restera rien.

J'eus envie de lui raconter ce que maman avait obtenu d'eux, une fois. Mais je me tus, craignant de le contrarier. Ça n'aurait pas été une bonne façon de débuter.

– Lorsqu'il s'agit de fantômes, reprit mon maître, c'est différent. Il est possible de parler avec les fantômes et de leur faire entendre raison. Les aider à prendre conscience qu'ils sont morts est un acte de bienveillance. C'est une étape importante pour les encourager à s'en aller. Un fantôme est le plus souvent un esprit affolé, retenu sur cette terre sans qu'il ait compris ce qui lui arrivait. Il est donc en grand tourment. Cependant, certains sont là dans un but précis, et peuvent avoir des secrets à te révéler. Quant aux ombres, elles ne sont que les traces d'âmes parties vers un monde meilleur. C'est ce que tu as vu, mon garçon : des ombres. En principe, si tu te comportes bravement, elles ne te repèrent pas, et elles ne ressentent rien. As-tu remarqué que les arbres s'étaient transformés ?

– Oui. Les feuilles sont tombées, comme en hiver.

– Puis les feuilles sont revenues. Cette vision appartenait au passé. Une ombre, c'est un reflet dans l'étang de la mémoire. L'être dont elle est l'image n'est plus là depuis longtemps. Tu comprends ?

Je hochai la tête.

– Bien ! C'était ta première leçon. Nous aurons affaire aux morts de temps à autre, autant t'y habituer tout de suite. Allons-y ! Il nous reste un long chemin à parcourir. Et, à partir de maintenant, tu porteras ceci !

L'Épouvanteur me tendit son gros sac de cuir et, sans un regard en arrière, il redescendit la colline. Entre les arbres, on distinguait au loin le ruban gris de la route qui serpentait à travers le patchwork vert et brun des champs, en direction du sud.

– Tu as déjà voyagé, petit ? me lança l'Épouvanteur par-dessus son épaule. Tu connais un peu le comté ?

J'expliquai que je n'avais pas parcouru plus de six

milles autour de la ferme de mon père, mon plus long voyage m'ayant mené au marché local.

Il grommela quelque chose dans sa barbe. J'en déduisis qu'il n'était guère content de ma réponse.

– Eh bien, ta vie de voyageur commence aujourd'hui, dit-il. Nous nous rendons dans un village du Sud appelé Horshaw. C'est à une quinzaine de milles, à vol de corbeau. Il nous faut y être avant la nuit.

J'avais entendu parler de Horshaw. C'était un village de mineurs, bâti au cœur du plus grand gisement de charbon du pays, et qui comptait une douzaine de puits. Je me demandai pour quel genre de travail on y appelait l'Épouvanteur.

Il marchait à grandes enjambées, sans ralentir l'allure. J'eus vite du mal à le suivre. En plus de mon baluchon, j'étais à présent chargé de son sac, qui me semblait plus lourd à chaque minute. Puis, comme pour rendre notre progression encore plus pénible, il se mit à pleuvoir.

Soudain, environ une heure avant midi, l'Épouvanteur s'arrêta. Il se retourna et me regarda durement. J'étais bien à dix pas en arrière. Les pieds me brûlaient, et j'avais un point de côté. La route n'était guère qu'un chemin dont la poussière se transformait en boue. En levant la tête vers mon maître, je trébuchai, glissai et faillis tomber. Il me réprimanda d'un claquement de langue :

– Tss, tss ! Tu as un étourdissement, petit ?

Je fis non de la tête. J'aurais voulu soulager un peu mon bras, mais poser son sac dans la gadoue ne me paraissait pas la chose à faire.

– À la bonne heure ! lança-t-il en esquissant un sourire.

La pluie dégoulinait de son capuchon et lui mouillait la barbe.

– N'accorde aucune confiance à un homme sujet aux étourdissements, reprit-il. C'est un conseil dont tu tâcheras de te souvenir.

– Je me sens très bien, protestai-je.

Il leva des sourcils étonnés :

– Vraiment ? Alors, c'est la faute de tes bottes. Elles ne sont pas accoutumées aux longues marches.

Mes bottes étaient semblables à celles que portaient Jack et mon père, solides, pratiques pour affronter la fange et le purin d'une cour de ferme. Mais il fallait du temps pour s'y habituer. Une paire neuve vous condamnait à quinze jours d'ampoules avant que vos pieds s'y sentent à l'aise. Je regardai celles de l'Épouvanteur. Elles étaient taillées dans un cuir qui paraissait d'excellente qualité, et garnies d'une semelle épaisse. Elles coûtaient sûrement une fortune, mais quelqu'un qui arpentait sans cesse les routes avait besoin d'être bien chaussé. Elles fléchissaient souplement à chaque pas, et devaient être confortables dès le premier moment où on les enfilait.

– De bonnes bottes sont indispensables dans notre métier, poursuivit l'Épouvanteur. Nous ne pouvons laisser à aucune créature, humaine ou non, la moindre chance de nous rattraper, là où nous avons à intervenir. Compter sur ses jambes ne suffit pas. Donc, si je décide de te garder, je te fournirai une paire de bottes comme les miennes.

À midi, nous fîmes une courte halte à l'abri d'une étable abandonnée. L'Épouvanteur tira un paquet de sa poche. Déballant le torchon qui l'enveloppait, il découvrit une grosse part de fromage jaune. Il en brisa un morceau et me le tendit. J'étais si affamé que je l'engloutis en trois bouchées. L'Épouvanteur n'en mangea qu'un petit bout avant de remballer le tout et de le remettre dans sa poche.

Il avait rejeté sa capuche en arrière, et je pus le dévisager vraiment pour la première fois. En dehors de sa barbe épaisse et de ses yeux de bourreau, ce qu'il avait de plus remarquable était son nez, long, sec et recourbé comme un bec d'oiseau de proie. Sa bouche disparaissait dans les poils de sa barbe et de sa moustache. Au premier regard, cette barbe semblait grise ; en l'observant aussi discrètement que possible, j'y repérai des traces de rouge, de noir, de brun, de toutes les couleurs de l'arc-en-ciel. Plus tard, je m'aperçus que cela dépendait de la lumière.

« À mâchoire molle, caractère mou ! » déclarait

souvent mon père. Il prétendait que beaucoup d'hommes portent la barbe pour dissimuler ce défaut. Or celle de l'Épouvanteur, bien que fournie, laissait deviner une forte mâchoire carrée ; et, lorsque sa bouche s'ouvrait, elle révélait une rangée de dents pointues, mieux faites pour déchirer de la viande rouge que pour mâcher un morceau de fromage. Je constatai avec un frisson qu'il m'évoquait un loup, et pas seulement par sa physionomie. Il était une sorte de prédateur, qui chassait dans le noir. Son maigre régime de fromage devait le tenir sans cesse affamé et hargneux. Si je terminais mon apprentissage, un jour, je serais pareil à lui.

— Tu as encore faim, petit ? me demanda-t-il, ses yeux verts plongés dans les miens avec une telle intensité qu'ils me donnaient le vertige.

J'étais trempé jusqu'aux os, j'avais mal aux pieds et, plus que tout, mon estomac criait famine. J'opinais donc, espérant qu'il allait m'offrir une autre part de fromage. Il se contenta de secouer la tête en grommelant je ne sais quoi. Puis il me lança de nouveau un regard aigu :

— Tu t'habitueras à souffrir de la faim. Nous ne mangeons guère quand nous travaillons. Et, si la tâche est particulièrement ardue, nous ne prenons aucune nourriture avant de l'avoir achevée. Le jeûne est indispensable, il nous rend plus forts, moins vulnérables dans l'obscurité. Autant t'y accoutumer dès aujourd'hui, car, à Horshaw, je te soumettrai à un test. Tu passeras la nuit dans une maison hantée. Seul. Je saurais ainsi de quel bois tu es taillé.

3

13, passage Watery

Lorsque nous atteignîmes Horshaw, la cloche d'une église tintait au loin. Il était sept heures, et le soir tombait. Le vent nous envoyait un crachin glacé dans la figure. La lumière rasante me permettait de juger que cet endroit était le dernier où j'aurais souhaité vivre. J'aurais préféré ne pas avoir à m'y arrêter, même pour un bref séjour.

Horshaw était une vilaine excroissance noire sur le vert des champs, une petite ville triste et laide. Deux douzaines de masures se blottissaient les unes contre les autres sur la pente d'une colline fangeuse. Le paysage était criblé de puits de mine, et Horshaw était au milieu. Un monceau de scories dominait le village, marquant l'entrée de la houillère. Derrière ce terril s'étendaient les réserves, où s'entassait assez de combustible pour chauffer tout le comté pendant le plus rigoureux des hivers.

Nous suivîmes une étroite rue pavée, frôlant les murs sales pour éviter les nombreux chariots remplis de charbon, qui luisait sous la pluie. Les lourds chevaux de trait peinaient sous le poids de leur chargement, leurs sabots dérapaient sur les pavés mouillés.

Il y avait peu de passants, mais les rideaux de dentelle se soulevaient furtivement à notre passage. Nous croisâmes un groupe de mineurs aux visages rudes, qui montaient prendre leur service de nuit en discutant à voix haute. En nous voyant, il se turent brusquement et se mirent en file, du côté opposé de la rue, pour nous éviter. L'un d'eux esquissa même un signe de croix.

— Il faudra t'y habituer, petit, grommela l'Épouvanteur. Nous sommes souvent demandés, mais rarement bienvenus, et certains endroits sont plus hostiles que d'autres.

Tournant au coin, nous prîmes une rue encore plus sinistre, menant dans la partie basse de la ville. On voyait au premier coup d'œil que les maisons étaient inhabitées. Beaucoup de fenêtres étaient cassées, d'autres condamnées avec des planches. Malgré l'obscurité, aucune lampe n'y brillait. Au bout de la rue se dressait un ancien entrepôt de grains dont les larges portails de bois pendaient sur des gonds rouillés.

L'Épouvanteur s'arrêta devant la dernière maison. Accolée à l'entrepôt, elle était la seule à avoir encore un numéro. Ce numéro, gravé sur une plaque de métal clouée contre la porte, était le treize. Le pire des nombres, et le plus maléfique ! Juste au-dessus, un panneau qui ne tenait plus que par un unique rivet menaçait de tomber sur les pavés. Il indiquait : *Passage Watery.*

Les fenêtres avaient encore leurs carreaux, mais aux lambeaux de rideaux qui les garnissaient se mêlaient d'épaisses toiles d'araignées. Ce devait être la fameuse maison hantée.

Mon maître tira une clé de sa poche, ouvrit la porte et pénétra dans cet antre obscur. Je le suivis, content d'être enfin à l'abri du crachin.

Cependant, quand il alluma une chandelle et la posa sur le carrelage, au centre de la pièce, je sus que j'aurais préféré n'importe quelle étable désaffectée à ce lieu lugubre. À part un tas de paille sale, sous la fenêtre, l'endroit était vide ; il n'y restait pas un seul meuble. L'air humide et froid sentait le renfermé, et à la lueur de la chandelle je voyais de la buée s'échapper de ma bouche.

Ce spectacle était assez déprimant, et les paroles de l'Épouvanteur ne furent pas pour me réconforter :

– Eh bien, mon garçon, le travail m'attend. Je vais te laisser ici, je t'y reprendrai plus tard. Tu sais ce que tu as à faire ?

– Non, monsieur, répondis-je en surveillant la flamme de la chandelle, qui vacillait dangereusement.

– Je t'en ai déjà parlé, tu n'as donc pas écouté ? Sois attentif et cesse de rêvasser ! Je ne te demande rien de bien difficile, prétendit-il en se grattant la barbe comme si quelque insecte s'y promenait. Tu vas passer la nuit ici, seul. J'amène tous mes apprentis dans cette vieille maison pour leur première nuit, ça me permet de savoir ce qu'ils ont dans le ventre. Ah ! Il y a une chose que je ne t'ai pas dite ! À minuit, tu descendras à la cave pour affronter la créature qui s'y tapit. Si tu réussis ce test, tu seras sur la bonne voie, et je pourrai envisager de te garder. Des questions ?

Des questions, j'en avais beaucoup ; mais les réponses m'effrayaient d'avance. Je me contentai de remuer la tête en essayant d'empêcher mes lèvres de trembler.

– Comment sauras-tu qu'il est minuit ?

Je haussai les épaules. J'étais assez doué pour me situer d'après la position du soleil ou des étoiles, et, si je m'éveillais au milieu de la nuit, je pouvais deviner presque exactement l'heure qu'il était. Seulement, ici, je me sentais beaucoup moins sûr de moi. Dans certains lieux, le temps passe plus lentement, et cette maison m'avait tout l'air d'être de ceux-là.

Je me rappelai alors la cloche de l'église.

– Il est sept heures passées, dis-je. J'attendrai que sonnent douze coups.

– Bien ! fit mon maître avec un petit sourire. Dès que la cloche sonnera douze coups, tu prendras la chandelle et tu descendras l'escalier de la cave. En attendant, dors, si tu peux. Maintenant, écoute-moi attentivement. Il y a trois choses importantes que tu ne dois pas oublier : n'ouvre la porte de la rue à personne, quelle que soit l'insistance avec laquelle on frappe. Et ne sois pas en retard pour descendre à la cave !

Il se dirigea vers la porte. Au moment où il sortait, je demandai :

– Et la troisième chose ?

– La chandelle, mon garçon. Quoi qu'il arrive, ne la laisse pas s'éteindre !

La porte se referma derrière lui, et je me retrouvai seul.

Je pris le chandelier avec précaution et entrai dans la cuisine. À part une pierre d'évier, elle était vide. La porte de derrière était verrouillée ; le vent passait dessous en gémissant. Il y avait deux autres portes, sur la droite. L'une était ouverte, révélant les degrés de bois nu qui menaient aux chambres, à l'étage. L'autre, plus proche de moi, était fermée.

Cette porte close me mettait mal à l'aise ; je décidai tout de même de jeter un coup d'œil. Je saisis la poignée d'une main mal assurée et tirai. La porte résista, et, l'espace d'un instant, j'eus l'effrayante impression que quelqu'un la retenait, de l'autre côté. Je tirai plus fort, et elle s'ouvrit brusquement. Déséquilibré, je faillis lâcher le chandelier.

Des marches de pierre, salies de poussière de charbon, s'enfonçaient dans les ténèbres. L'escalier tournait vers la gauche, si bien que je ne pouvais apercevoir le fond de la cave. Le courant d'air froid qui en montait chahuta la flamme de la chandelle. Je claquai vivement le battant et retournai dans la pièce principale, fermant aussi derrière moi la porte de la cuisine.

Je reposai le chandelier dans le coin le plus éloigné de la fenêtre. Une fois assuré que la chandelle ne tomberait pas, je cherchai le meilleur endroit pour dormir. Je n'avais guère le choix. Je n'allais certainement pas m'installer sur la paille humide. Je me roulai donc en boule sur le carrelage dur comme de la glace, et je fermai les yeux pour que le sommeil m'emporte loin de cette vieille maison sinistre. J'étais persuadé que je me réveillerais juste avant minuit.

En temps ordinaire, je m'endors facilement. Mais, ici, ce n'était pas pareil. Je grelottais de froid ; le vent secouait les vitres. J'entendais aussi des bruissements, des tapotements le long des murs. « Des souris », pensais-je. On avait l'habitude des rongeurs, à la ferme. Soudain, un nouveau bruit monta des profondeurs de la maison, très léger. Je tendis l'oreille. Il s'amplifia peu à peu, jusqu'à ce que le doute ne fût plus permis : en bas, à la cave, il se passait quelque chose qui n'avait pas à s'y passer. On creusait. Il y eut d'abord le tintement du métal sur la pierre, suivi du chuintement d'une lame de bêche s'enfonçant dans la glaise.

Cela dura plusieurs minutes ; puis le bruit s'arrêta, aussi soudainement qu'il avait commencé. Le silence revint. Même les souris cessèrent leur cavalcade. La maison semblait retenir son souffle. Et moi, je retenais le mien.

Des coups sourds retentirent alors, à une cadence régulière. Cela se rapprochait : *poum, poum, poum.* Des pas !

Je sautai sur mes pieds, saisis le chandelier et me recroquevillai dans un angle, tout au fond de la pièce.

Poum, poum, poum. Quelqu'un chaussé de lourdes bottes montait l'escalier de la cave. Quelqu'un avait creusé une fosse, en bas, dans le noir, et s'apprêtait à surgir.

À moins que... Peut-être n'était-ce pas *quelqu'un*, mais *quelque chose* ?

J'entendis grincer la porte de la cave, les pas traverser la cuisine. Je m'aplatis contre le mur, me faisant le plus petit possible, attendant que s'ouvre la porte de la cuisine.

Elle tourna lentement, avec un craquement lugubre. Quelque chose pénétra dans la pièce. Un froid sépulcral me fit frissonner, un froid annonçant la proximité d'un être qui n'est pas de cette terre, un froid semblable à celui que j'avais ressenti sur la colline du Pendu, mais pire encore.

Je levai la chandelle. La lueur de la flamme projeta sur les murs et au plafond des ombres grotesques. D'une voix plus tremblotante que le chandelier dans ma main, je demandai :

– Qui est là ?

Il n'y eut pas de réponse. Même le vent, au-dehors, s'était tu.

– Qui est là ? répétai-je.

Toujours pas de réponse.

Les pas sonnèrent sur le carrelage, s'avançant vers moi, de plus en plus près, et je percevais à présent un halètement, tel celui d'un énorme cheval de trait qui tire sa charge sur un chemin pentu.

Au dernier moment, les pas se détournèrent, se dirigèrent vers la fenêtre. Je n'osais plus respirer, tandis que la créature, elle, aspirait de grandes bouffées d'air comme si elle n'arrivait pas à s'emplir les poumons.

À l'instant où je me crus incapable d'en supporter davantage, l'être invisible poussa un profond soupir, lourd de tristesse et de lassitude. Au bruit de bottes sur le carrelage je compris qu'il regagnait la cuisine. Ce n'est qu'en l'entendant redescendre pesamment les marches de la cave que je repris enfin mon souffle.

Mon rythme cardiaque se ralentit, mes mains cessèrent de trembler ; peu à peu, je retrouvai mon calme. Il me fallait maintenant remettre mes pensées en ordre. J'avais eu très peur ; cependant, si rien de plus terrible ne m'arrivait cette nuit, je réussirais mon premier test. J'allais devenir l'apprenti de l'Épouvanteur. Je devrais donc m'habituer aux lieux hantés ; mon travail m'y obligerait.

Au bout de quelques minutes, je me sentis mieux. Je m'apprêtais à me réinstaller pour dormir, mais, comme le dit souvent mon père, « les esprits mauvais ne connaissent pas le repos ». Peut-être n'avais-je pas fait ce qu'il fallait ? Toujours est-il qu'un nouveau bruit, bien que d'abord faible et lointain, me fit sursauter : on frappait à une porte.

Il y eut un silence, puis j'entendis distinctement trois coups. Un autre silence, et trois autres coups résonnèrent, plus près. Alors, je compris : quelqu'un parcourait la rue, frappant à chaque maison, s'approchant peu à peu du numéro treize. Lorsque l'inconnu atteignit enfin la maison hantée, les trois coups retentirent avec une force à réveiller un mort. La créature de la cave allait-elle remonter pour ouvrir au visiteur ?

Soudain, ma peur s'envola. Une voix m'appelait de l'extérieur, une voix que je connaissais bien :

— Tom ? Tom ! Ouvre ! Laisse-moi entrer !

C'était maman ! J'étais si heureux de l'entendre que je courus vers la porte sans réfléchir. Dehors, il pleuvait toujours, elle devait être trempée.

— Dépêche-toi, Tom ! me pressait maman. Ne me fais pas attendre !

Ma main soulevait déjà le loquet quand la mise en garde de l'Épouvanteur me revint en mémoire : « N'ouvre la porte de la rue à personne, quelle que soit l'insistance avec laquelle on frappe ! »

Mais... pouvais-je laisser maman dehors, dans la nuit ?

J'inspirai longuement et m'efforçai de raisonner. Le simple bon sens me disait que ce ne pouvait pas être elle. Pourquoi m'aurait-elle suivi jusqu'ici ? Comment aurait-elle su que j'étais dans cette maison ? De plus, elle n'aurait jamais entrepris seule un tel voyage ; Jack ou mon père l'aurait accompagnée.

Non, c'était autre chose qui attendait, dehors. Une chose sans mains, et cependant capable de frapper. Une chose sans pieds, qui se tenait pourtant sur le trottoir.

On cogna encore contre le battant avec insistance.

– Laisse-moi entrer, Tom ! supplia la voix. Pourquoi es-tu aussi méchant ? J'ai froid, je suis mouillée, je suis fatiguée...

J'entendis des pleurs, et je fus alors certain que ce n'était pas maman. Maman était forte. Maman ne pleurait jamais, même dans les situations les plus douloureuses.

Au bout d'un moment, les coups faiblirent, puis cessèrent. M'allongeant par terre, je tentai encore une fois de m'endormir. Je me tournai et me retournai sans trouver le sommeil. Le vent s'était remis à secouer les carreaux ; les demies et les heures s'égrenaient au clocher de l'église ; bientôt, il serait minuit.

Plus le moment de descendre l'escalier de la cave approchait, plus j'étais angoissé. Je voulais réussir le test de l'Épouvanteur, mais, oh ! que j'aurais aimé être de retour chez moi, en sécurité dans mon lit bien chaud !

Juste après la demie de onze heures, la créature, en bas, recommença à creuser. Puis des pas lourds montèrent de nouveau les marches de pierre. De nouveau la porte de la cuisine s'ouvrit, et les bottes sonnèrent sur le carrelage de la salle. J'étais pétrifié. Seul mon cœur bougeait encore, cognant contre mes côtes à les briser. Et, cette fois, les pas ne se dirigèrent pas vers la fenêtre. Ils vinrent droit sur moi, *poum, poum, poum*...Une main invisible me saisit par le col et me souleva, à la manière d'une chatte transportant son chaton. Un bras invisible s'enroula autour de mon corps, immobilisant mes bras, m'écrasant la poitrine. Je suffoquai comme un poisson hors de l'eau.

On m'emportait vers la porte de la cave ! Je ne voyais pas celui qui me tenait, j'entendais juste sa respiration sifflante. Je me débattis frénétiquement, car, au fond de moi, je savais ce qui allait arriver. Je savais pourquoi on avait creusé une fosse. On allait me descendre dans cette cave, par cet escalier obscur. Et c'était une tombe qui m'attendait. J'allais être enterré vivant.

Une terreur sans nom me submergea. J'aurais voulu hurler, mais aucun son ne sortait de ma bouche.

Soudain, on me lâcha. Je tombai lourdement.

Je me retrouvai à quatre pattes, devant l'entrée béante de la cave, le nez à quelques centimètres de la première marche. Mon cœur tapait si vite que je n'aurais pu compter ses battements. Je bondis sur mes pieds et claquai la porte. Le corps agité de tremblements, je courus me réfugier dans la salle, en me demandant laquelle des trois règles de l'Épouvanteur j'avais transgressée.

La chandelle ! Elle s'était éteinte...

Un éclair illumina alors la pièce, suivi d'un violent coup de tonnerre ; la pluie s'abattit sur la maison, tambourinant sur les carreaux. Une bourrasque malmena la porte comme si quelqu'un, dehors, essayait d'entrer.

Je restai un long moment immobile, sursautant à chaque éclair. Jamais je ne m'étais senti aussi misérable. C'était vraiment une sale nuit. Pourtant, malgré ma peur de l'orage, j'aurais donné n'importe quoi pour m'enfuir dans la rue, pour ne pas avoir à descendre dans cette cave.

J'entendis la cloche de l'église sonner au loin. Je comptai les coups. Minuit, l'heure d'affronter ce qui m'attendait en bas !

À cet instant, je remarquai à la lueur d'un éclair de larges empreintes de pas sur le carrelage. Je pensai d'abord qu'il s'agissait de celles de l'Épouvanteur. Mais elles étaient noires, comme si les semelles qui les avaient laissées avaient été pleines de poussière de charbon. Elles sortaient de la cuisine, bifurquaient vers la fenêtre, puis repartaient d'où elles étaient venues, vers les profondeurs de la cave où j'allais devoir m'enfoncer.

Je tâtonnai à la recherche du chandelier et mis la main sur mon baluchon. Dedans, il y avait le briquet que mon père m'avait donné !

À l'aveuglette, je réunis quelques brins de paille, battis le briquet pour faire jaillir des étincelles. En soufflant doucement dessus, je portai la mèche d'amadou à incandescence et l'approchai de la paille. Une courte flamme s'éleva, juste le temps que j'y rallume la chandelle. Papa ne se doutait sûrement pas, en me faisant ce cadeau, qu'il me serait si vite utile !

Lorsque j'ouvris la porte de la cave, un nouvel éclair illumina la cuisine ; un violent coup de tonnerre ébranla la maison, et son écho roula jusque dans les fondations. Je m'engageai dans l'escalier, levant le chandelier d'une main si tremblante que sa lumière projeta sur le mur des ombres fantastiques.

Tout en moi refusait de descendre. Mais, si je ne réussissais pas le test, je n'aurais probablement plus qu'à repartir chez moi dès l'aube. J'imaginais alors ma honte d'avoir à raconter à maman ce qui s'était passé.

Huit marches plus bas, je franchis le tournant ; la cave m'apparut, pas très grande, pleine de recoins obscurs, que la flamme de la chandelle n'arrivait pas à éclairer. D'épaisses toiles d'araignées pendaient du plafond voûté telles des tentures déchirées, des morceaux de charbon traînaient sur le sol en terre battue. Je contournai un tonneau à bière et une table bancale...

Je distinguai alors quelque chose derrière un tas de cageots. D'effroi, je faillis lâcher le chandelier.

C'était une forme sombre, ressemblant vaguement à un tas de chiffons. Il en sortait un bruit étouffé, régulier : *ça* respirait !

Il me fallut user de toute ma volonté pour obliger mes jambes à remuer. J'avançai d'un pas, d'un autre, d'un autre encore... La chose se dressa soudain devant moi, immense silhouette encapuchonnée de noir, avec des yeux luisant d'une terrifiante lueur verte.

J'étais sur le point de m'enfuir en hurlant lorsque je remarquai le long bâton que la créature tenait dans sa main gauche.

– Qu'est-ce que tu fabriquais ? me lança l'Épouvanteur. Tu as cinq minutes de retard.

4
La lettre

— **E**nfant, j'habitais cette maison, me dit mon maître. J'y ai vu des choses effroyables. Mais j'étais le seul à les voir, et mon père me battait pour me punir de raconter des mensonges. Une créature montait de notre cave. Tu l'as entendue, n'est-ce pas ?

Je hochai la tête.

— Rien dont il faille s'inquiéter, mon garçon. Ce n'est qu'une ombre, une de plus ; la trace d'une âme en peine qui s'en est allée dans un monde meilleur. Si elle n'avait pas laissé derrière elle sa part mauvaise, elle aurait été retenue ici tout entière pour l'éternité.

— Sa part mauvaise ? répétai-je, et ma voix résonna sous la voûte.

L'Épouvanteur remua tristement la tête :

— La maison appartenait autrefois à un mineur dont les poumons étaient si malades qu'il ne pouvait plus travailler. Il toussait jour et nuit à en étouffer, et sa malheureuse épouse, pour subvenir à leurs besoins, travaillait dans une boulangerie. Pour leur malheur à tous deux, elle était fort belle. L'homme était d'un caractère jaloux, et sa maladie l'avait aigri. Un soir, la femme rentra de son travail plus tard qu'à l'ordinaire. Il l'avait attendue en faisant les cent pas devant la fenêtre, de plus en plus furieux, persuadé qu'elle traînait avec un autre. Quand elle arriva enfin, il était dans un tel état de rage qu'il lui fendit la tête avec un bloc de charbon. Puis, la laissant agoniser sur le carrelage, il descendit creuser une fosse à la cave. Lorsqu'il remonta, elle vivait encore, mais elle n'avait plus la force ni de bouger ni de parler. C'est sa terreur qui t'est parvenue, celle qui l'a envahie quand elle s'est sentie soulevée et transportée dans les profondeurs du sous-sol. Elle avait entendu son mari creuser, elle savait ce qui l'attendait.

Il l'a enterrée, puis il s'est donné la mort. C'est une triste histoire. Et, bien que l'un et l'autre soient en paix, à présent, l'ombre du meurtrier rôde encore ici, ainsi que les derniers souvenirs de sa victime, assez puissants pour tourmenter des gens comme nous. Je te l'ai déjà dit, nous percevons des choses que les autres ne perçoivent pas ; c'est à la fois un don et une malédiction. Mais c'est essentiel dans notre métier.

Ce récit me fit frissonner. J'éprouvais une pitié infinie pour la pauvre femme assassinée, pour le mineur qui l'avait tuée, et aussi pour l'Épouvanteur. Vous imaginez ça : être obligé de passer votre enfance dans une maison pareille ?

Je jetai un coup d'œil vers la chandelle, que j'avais posée sur la table. Elle était presque entièrement consumée, et la flamme lançait ses dernières lueurs. L'Épouvanteur ne semblait pourtant nullement pressé de remonter l'escalier. Je n'aimais pas les ombres qui modifiaient l'aspect de son visage, comme s'il lui poussait un museau ou quelque chose de ce genre.

– Sais-tu comment j'ai vaincu ma peur ? me demanda-t-il.

– Non, monsieur.

– Une nuit, j'étais si terrifié que je me suis mis à hurler sans pouvoir m'arrêter. Mes cris ont réveillé toute la maisonnée. Dans un accès de colère, mon père m'a saisi par la peau du cou et m'a descendu à la cave. Puis il s'est armé d'un marteau et a condamné la porte derrière moi.

Je n'étais pas bien grand, j'avais sept ans, tout au plus. J'ai grimpé les marches, braillant à m'en faire éclater les poumons ; j'ai martelé le battant de mes poings, je me suis arraché les ongles sur le bois. Mais mon père était un homme dur ; il m'a laissé seul dans le noir. Au bout d'un moment, je me suis calmé, et sais-tu ce que j'ai fait ?

J'ai secoué la tête, évitant de le regarder en face. Ses yeux flambaient dans la semi-obscurité, et il ressemblait plus que jamais à un loup.

– J'ai redescendu l'escalier, et je me suis assis au milieu de la cave, dans le noir. J'ai pris trois grandes inspirations, et j'ai affronté ma peur. J'ai affronté les ténèbres, l'élément le plus effrayant pour les gens de notre sorte, car c'est au milieu d'elles que des créatures viennent à nous. Elles nous appellent en chuchotant, et prennent des formes que seuls nos yeux peuvent voir. Mais je l'ai fait, et j'ai tenu le coup. Je suis resté dans cette cave jusqu'à l'aube et, lorsque j'en suis enfin sorti, le pire était derrière moi.

À cet instant, la flamme de la chandelle vacilla et s'éteignit, nous plongeant dans le noir total.

– Voilà, mon garçon, reprit l'Épouvanteur. Il n'y a plus ici que toi, moi, et le noir. As-tu le courage de le supporter ? Es-tu prêt à devenir mon apprenti ?

Sa voix me parut différente, plus profonde, étrange. Je l'imaginai à quatre pattes, un pelage dru recouvrant peu à peu son visage, ses dents se changeant en crocs. Je tremblais si fort que je fus incapable de dire un mot avant d'avoir respiré trois fois profondément. Alors seulement je lui donnai ma réponse. C'était la phrase de mon père lorsqu'une tâche difficile ou désagréable l'attendait :

– Puisque quelqu'un doit le faire, pourquoi pas moi ?

L'Épouvanteur dut trouver ça drôle, car son rire emplit toute la cave, se mêlant au grondement du tonnerre, qui s'éloignait.

– Il y aura bientôt treize ans de cela, fit-il enfin, une lettre cachetée m'est parvenue. Elle était brève, précise et rédigée en grec. C'est ta mère qui me l'avait adressée. Sais-tu ce qu'elle m'écrivait ?

– Non, fis-je à voix basse, me demandant ce qui allait suivre.

– Elle m'écrivait ceci : « J'ai donné le jour à un petit garçon. Il est le septième fils d'un septième fils. Son nom est Thomas J. Ward, et c'est le cadeau que je fais à ce comté. Dès qu'il aura l'âge requis, je vous enverrai un mot. Je compte sur vous pour le former. Il sera le meilleur apprenti que vous ayez jamais eu, et le dernier. »

Les paroles de l'Épouvanteur n'étaient plus qu'un murmure dans le noir :

– Nous ne sommes pas des magiciens, mon garçon. Nos outils de travail se nomment bon sens, courage et mémoire, car nous devons tirer les leçons du passé. Et, surtout, nous ne croyons pas aux prophéties, car l'avenir n'est pas défini. Si ce que ta mère m'a écrit s'est révélé vrai, c'est parce que *nous* l'avons fait devenir vrai. Comprends-tu ?

Il y avait comme de la colère dans sa voix, mais je sentis qu'elle n'était pas dirigée contre moi. Je me contentai de hocher la tête, même s'il ne pouvait pas me voir.

– Quant au cadeau de ta mère au comté, sache que chacun de mes apprentis a été le septième fils d'un septième fils. Ne te considère donc pas comme un être exceptionnel. De longues études et un dur travail t'attendent.

Il se tut un instant, puis conclut d'un ton plus amène, dont toute trace d'irritation avait disparu :

– La famille peut aussi être un poids. Il ne me reste que deux frères. L'un est serrurier, et nous avons de bonnes relations. Mais l'autre ne m'a pas adressé la parole depuis quarante ans, bien qu'il vive toujours ici, à Horshaw.

Lorsque nous quittâmes la maison, la tempête s'était apaisée, et la lune brillait. Tandis que l'Épouvanteur refermait la porte, je remarquai des lettres gravées dans le bois :

γx
Gregory

Mon maître désigna l'inscription d'un mouvement de tête :

— J'utilise des marques de ce genre pour avertir les personnes capables de les lire, ou même, parfois, pour me rafraîchir la mémoire. Tu reconnais le gamma grec ? Il indique la présence d'une ombre ou d'un fantôme. Le x, à droite, signifie dix en chiffre romain, l'échelon le plus bas. De dix à six, il s'agit d'une ombre. Il n'y a rien dans cette maison qui puisse te nuire tant que tu te comportes bravement. Souviens-toi : l'obscur se nourrit de peur. Domine ta peur, et aucune ombre ne tentera quoi que ce soit contre toi.

— J'aurais aimé savoir cela quelques heures plus tôt !

— Courage, petit ! reprit l'Épouvanteur. Tu m'as l'air d'avoir le moral au fond des bottes ! Tiens, ceci te réconfortera !

Il sortit le fromage jaune de sa poche, en brisa un morceau et me le tendit :

— Ne l'engloutis pas d'un coup ! Prends le temps de mastiquer !

Je suivis mon maître le long de la rue pavée. L'air était humide, mais, au moins, il ne pleuvait plus. À l'ouest, les nuages ressemblaient à des lambeaux de laine blanche qu'une main invisible dispersait dans le ciel.

Laissant le village derrière nous, nous continuâmes vers le sud. Sur notre droite, là où la chaussée redevenait un chemin boueux, se dressait une petite église en piteux état. Le toit perdait ses ardoises et la peinture du portail s'écaillait. Nous n'avions pas rencontré âme qui vive depuis notre départ de la maison hantée. Or, un vieil homme aux cheveux gras, à l'allure négligée, était debout sur le parvis. À ses vêtements sombres je reconnus un prêtre.

Tandis que nous approchions, l'expression de son visage attira mon attention. Il tordait la bouche, dardant sur nous un regard noir. Soudain, d'un geste théâtral, il traça dans l'air un immense signe de croix, se haussant sur la pointe des pieds pour lever sa main droite le plus haut possible. J'avais déjà vu des prêtres donner leur bénédiction, mais aucun n'avait eu cette mimique exagérée, ni cet air furibond. Pas de doute, c'était notre passage qui déclenchait le courroux de l'homme.

Je supposai qu'il avait quelque grief contre mon maître, ou du moins contre sa profession. Je comprenais que la présence d'un épouvanteur rende les gens nerveux ; mais une telle réaction me stupéfiait.

– Qu'est-ce qu'il avait ? demandai-je quand nous fûmes assez loin pour parler sans être entendus.

– Les prêtres ! cracha l'Épouvanteur avec colère. Ils savent tout, mais ne voient rien ! Et celui-ci est pire que les autres ! C'est mon frère.

J'aurais aimé qu'il m'en dise plus. J'eus cependant la sagesse de ne pas l'interroger davantage. J'avais bien des choses à apprendre sur le passé de M. Gregory, et je devinais qu'il ne me les révélerait que lorsqu'il l'aurait décidé.

Je me contentai donc de le suivre, portant toujours son sac, et pensant à la lettre de maman. Elle n'était pas du genre à se vanter et n'affirmait jamais rien à la légère. Maman ne disait que ce qu'il fallait dire, aussi avait-elle sûrement pesé chaque mot. Elle ne faisait également que ce qu'il fallait faire. L'Épouvanteur prétendait qu'on n'avait aucune prise sur les ombres. Pourtant, une nuit, maman avait obtenu de celles qui hantaient la colline du Pendu qu'elles cessent leur tapage.

Dans ma situation, être le septième fils d'un septième fils était des plus banal. C'était simplement la condition pour devenir l'apprenti d'un épouvanteur. Cependant, quelque chose me rendait différent, je le savais.

J'étais aussi le fils de ma mère.

5
Gobelins et sorcières

T andis que nous marchions, les derniers nuages
du matin s'effacèrent, et je remarquai un net
changement. Même en hiver, le soleil brille parfois
sur le comté. S'il ne nous réchauffe guère, il est
cependant préférable à la pluie. Mais il est une
période de l'année où l'on ressent tout à coup sa
chaleur, et c'est comme le retour d'un ami.

L'Épouvanteur devait ruminer la même pensée,
car il fit brusquement halte, me regarda de côté et
m'adressa un de ses rares sourires.

– C'est le premier jour du printemps, petit, me
dit-il. Nous irons donc à Chippenden.

Cela me parut curieux. Se rendait-il toujours à Chippenden le premier jour du printemps et, si oui, pourquoi ? Je l'interrogeai.

– Ce sont mes quartiers d'été, m'expliqua-t-il. Je passe l'hiver au bord de la lande d'Anglezarke, et l'été à Chippenden.

– Je n'ai jamais entendu parler d'Anglezarke. C'est où ?

– Dans le sud du comté. C'est là que je suis né. Nous avons vécu là-bas jusqu'à ce que mon père nous emmène à Horshaw.

Je connaissais l'existence de Chippenden, ce qui me rassurait un peu. Je découvrais qu'en tant qu'apprenti d'un épouvanteur j'allais voyager sans cesse et devrais apprendre à m'orienter.

Nous changeâmes donc de cap, nous dirigeant vers les lointaines collines du nord-est, et je ne posai pas d'autres questions.

Cette nuit-là, alors que nous nous étions abrités dans une grange et que notre souper s'était résumé une fois encore à quelques bouchées de fromage jaune, mon estomac protesta violemment. Je n'avais jamais eu aussi faim.

Je me demandais où nous logerions, à Chippenden, et si nous y prendrions enfin un repas convenable. Je ne connaissais personne qui y soit allé ; mais on en parlait comme d'un lieu peu accueillant, isolé quelque part dans le creux des lointaines collines, dont la ligne pourpre et grise était à peine visible depuis la ferme de mon père. Ces collines m'évoquaient toujours de grosses bêtes assoupies, sans doute à cause des histoires que me contait l'un de mes oncles. La nuit, prétendait-il, elles s'agitaient, et le lendemain matin des villages entiers avaient disparu de la surface de la Terre, réduits en poussière sous leur poids.

Le matin suivant, des nuages d'un gris sombre cachaient de nouveau le soleil. Nous ne verrions sans doute pas de sitôt une deuxième journée de printemps. Le vent s'était levé, faisant claquer nos vêtements, bousculant les vols d'oiseaux dans le ciel, tandis que les nuages semblaient se courser pour cacher plus vite le sommet des collines.

Nous gravissions la route en pente à pas lents, et ce rythme me convenait, car j'avais des ampoules aux talons. La journée était donc bien avancée quand nous approchâmes de Chippenden, et la lumière commençait à baisser.

Le vent soufflait toujours, mais le ciel s'éclaircissait, et la crête pourpre des collines se détachait sur l'horizon. L'Épouvanteur n'avait guère été bavard durant le voyage. Il s'anima soudain en me désignant les sommets un à un. Il y avait le Pic de Parlick, le plus proche de Chippenden ; et d'autres, plus ou moins éloignés, qui avaient pour nom Mont Mellor, la Selle ou la Colline au Loup. Je demandai à mon maître s'il y avait encore des loups à cet endroit. Il eut un sourire inquiétant :

— On ne sait jamais ce qui peut se passer par ici, petit. Nous devons toujours rester sur nos gardes.

Lorsque les premiers toits du village furent en vue, l'Épouvanteur me montra du doigt un sentier, à l'écart de la route, le long d'un ruisseau qui dévalait la colline en gargouillant.

— Ma maison est par là, dit-il. Le chemin est un peu plus long, mais ce détour nous évite la traversée du village. J'aime autant garder mes distances avec les gens d'ici. D'ailleurs, eux-mêmes trouvent cela préférable.

Je me souvins encore une fois de l'avertissement de Jack, et mon cœur se serra. Mon frère avait raison : un épouvanteur vit et travaille seul ; il ne peut compter que sur lui-même.

Des arbustes rachitiques poussaient sur les berges, agrippés à la pente pour résister au vent. Celui-ci faiblit jusqu'à n'être plus qu'un lointain soupir lorsque nous pénétrâmes dans un bois de frênes et de sycomores. Je n'y vis d'abord qu'une simple futaie nous protégeant des rafales. Puis je compris qu'il s'agissait de bien autre chose.

J'avais déjà remarqué, de temps à autre, que certains arbres sont particulièrement bruyants : leurs branches craquent, leurs feuilles chuchotent ; tandis que d'autres n'émettent presque aucun son. J'entendais le souffle du vent au-dessus de nos têtes. Mais, dans le sous-bois, le seul bruit perceptible était celui de nos bottes. L'endroit était étrangement calme. Tous ces arbres, et un tel silence ! Un frisson me parcourut le dos lorsque l'idée me vint qu'ils nous écoutaient...

Nous entrâmes alors dans une clairière. Devant nous, il y avait une maison. On n'apercevait que son toit et son étage supérieur, tant la haie d'aubépines qui l'entourait était haute. Le filet de fumée blanche qui sortait de la cheminée montait tout droit. Puis, ayant dépassé la cime des arbres, elle était dispersée par le vent, qui la chassait vers l'est.

La maison et le jardin étaient nichés dans un vallon, au bas de la colline. On aurait dit qu'un géant obligeant avait creusé le sol du tranchant de son énorme pogne.

Je suivis l'Épouvanteur jusqu'à un portail de fer, qui ne m'arrivait pas plus haut que la ceinture. Il était repeint de frais, d'un vert si vif que je me demandai si le badigeon avait eu le temps de sécher. Mon maître tendit la main.

Il se passa alors une chose qui me coupa le souffle. Sans que l'Épouvanteur ait touché le loquet, celui-ci se souleva, et la grille pivota sur ses gonds, comme manœuvrée par un bras invisible. J'entendis mon maître dire :

– Merci !

La porte de la maison, elle, ne s'ouvrit pas toute seule. L'Épouvanteur dut tourner dans la serrure une grosse clé qu'il avait tirée de sa poche, identique à celle qui avait déverrouillé la porte de la maison hantée.

– C'est la clé que vous avez utilisée à Horshaw, remarquai-je.

Il me regarda du coin de l'œil tout en poussant la porte :

– Oui, petit ! Mon frère, le serrurier, l'a fabriquée pour moi. Elle ouvre la plupart des serrures, tant qu'elles ne sont pas trop compliquées. C'est très utile pour le travail qui est le nôtre.

Le battant tourna avec force craquements et grincements, et je pénétrai derrière mon maître dans une petite entrée sombre. On devinait sur la droite un escalier raide, et sur la gauche un étroit corridor au sol carrelé.

– Laisse les sacs au pied de l'escalier, m'ordonna l'Épouvanteur, et viens ! Ne lambine pas ! J'aime manger bien chaud.

Je me débarrassai donc de son sac et de mon baluchon, et le suivis dans le couloir menant à la cuisine, d'où venait une odeur fort appétissante.

En entrant dans la pièce, je ne fus pas déçu ; elle me rappelait la cuisine de maman. Des pots d'herbes aromatiques étaient alignés sur le rebord de la fenêtre. Les derniers rayons du soleil qui passaient entre les feuilles tachetaient les murs d'ombres mouvantes. Un bon feu flambait dans la cheminée d'angle, répandant une douce chaleur. Au centre, sur une massive table en chêne, deux larges assiettes étaient disposées. Au milieu de la table attendaient cinq plats de service chargés de mets, à côté d'une saucière emplie jusqu'au col de jus de viande fumant.

– Assieds-toi, petit, et mange ! m'invita l'Épouvanteur.

Il n'eut pas besoin de me le dire deux fois.

Il me servit de gros morceaux de poulet et d'énormes tranches de bœuf, y ajouta une montagne de légumes et de pommes de terre rôties. Je recouvris le tout d'une sauce délicieusement parfumée. Seule maman aurait su en faire une meilleure.

Je me demandai où était la cuisinière, et comment elle avait prévu l'heure exacte de notre arrivée pour que tout soit chaud et sur la table au bon moment. Ma tête était pleine de questions, mais j'étais si fatigué que je consacrai toute l'énergie qui me restait à manger.

– Ça t'a plu ? s'enquit l'Épouvanteur, quand j'eus vidé mon assiette.

Je hochai la tête, trop repu pour parler. J'avais sommeil.

– Après un régime de fromage, c'est agréable de retrouver la maison et un bon repas chaud, dit-il.

On est bien nourri, ici. On reprend des forces en prévision des temps où il faut travailler.

J'opinai de nouveau et bâillai. Il continua :

– Nous aurons beaucoup à faire, demain. Alors, va te coucher ! Ta chambre est celle avec une porte verte, à l'étage. Dors bien ! Mais ne va surtout pas te promener dans la maison pendant la nuit ! Au matin, tu entendras sonner la cloche du petit déjeuner. Tu descendras aussitôt. Lorsque quelqu'un se donne du mal pour préparer de bonnes choses, il ne s'agit pas de le froisser en les laissant refroidir. Ne descends pas trop tôt non plus, ce ne serait pas mieux !

J'acquiesçai, le remerciai pour ce souper et retournai dans l'entrée. Le sac de l'Épouvanteur et mon baluchon n'y étaient plus. Tout en me demandant qui les avait emportés, je montai les marches pour aller me coucher.

Ma nouvelle chambre était bien plus grande que celle où je dormais à la ferme, et que j'avais long-temps partagée avec deux de mes frères. Celle-ci contenait un lit, une petite table avec un chandelier, une chaise, une commode, et on avait encore large-ment la place de circuler. Mon baluchon m'atten-dait, posé sur la commode.

Face à la porte, une haute fenêtre à guillotine semblait fermée depuis des années. Le verre des car-reaux était si épais et si irrégulier que le paysage, vu au travers, se déformait en volutes de couleurs. Le lit était poussé contre le mur, juste en dessous. J'ôtai mes bottes, m'agenouillai sur l'édredon et tâchai de soulever le panneau du bas. Quoique un peu dur, il céda plus facilement que je ne m'y attendais. Je le relevai à petits coups, juste assez pour passer la tête au-dehors et observer les alentours.

Je vis une large pelouse divisée en deux par une allée recouverte de graviers blancs, qui menait dans le sous-bois à travers une ouverture dans la haie. En arrivant, j'avais pensé que le jardin était totalement entouré par cette barrière d'aubépines ; je m'étais trompé.

Sur la droite, par delà la cime des arbres, on apercevait les collines. La première paraissait si proche qu'il me semblait pouvoir la toucher. J'inspirai une grande goulée d'air frais chargée d'une bonne odeur d'herbe, puis je rentrai la tête et m'occupai à déballer mes affaires. Elles tenaient à l'aise dans un seul tiroir de commode. En le refermant, je remarquai des suites de mots, sur le mur du fond, dans l'ombre du lit.

Je m'approchai. Le mur était couvert de noms, tracés à l'encre noire sur le plâtre nu. Certains étaient plus grands que les autres, comme si ceux qui les avaient écrits avaient une haute estime d'eux-mêmes. Beaucoup s'étaient à moitié effacés au fil du temps et je me demandai si c'étaient ceux des apprentis qui avaient dormi dans cette chambre. Devais-je ajouter le mien, où me fallait-il attendre la fin du mois, quand je saurais si l'Épouvanteur me gardait ? Je ne possédais ni encre ni plume, aussi résolus-je d'y penser plus tard ; mais j'examinai les noms avec attention, cherchant lequel paraissait le plus récent.

J'en conclus que c'était *Billy Bradley*. Les lettres étaient très nettes, tassées dans un tout petit espace du mur, là où il restait un peu de place. Je me demandai ce que ce Billy pouvait bien faire, à présent.

J'avais sommeil et j'étais fatigué. Les draps étaient propres, le lit confortable. Je me déshabillai donc et, à peine la tête sur l'oreiller, je m'endormis.

Lorsque je rouvris les yeux, le soleil entrait à flots par la fenêtre. Un bruit m'avait réveillé au beau milieu d'un rêve, sans doute la cloche du petit déjeuner.

Cependant, j'étais perplexe. La cloche avait-elle réellement sonné, ou l'avais-je rêvé ? Comment savoir ? Qu'étais-je censé faire ? Que je descende trop tôt ou trop tard, je mécontenterais la cuisinière !

Je décidai que j'avais *entendu* la cloche. Je m'habillai donc, et descendis. Depuis l'escalier me parvenaient des bruits de pots et de casseroles montant de la cuisine. Pourtant, au moment où je poussai la porte, la maison retomba dans un profond silence.

Je commis alors une erreur. J'aurais dû remonter aussitôt dans ma chambre, car il était clair que le petit déjeuner n'était pas prêt. La table du souper avait été débarrassée, mais le couvert n'était pas mis, et la cheminée était pleine de cendres refroidies. De fait, la cuisine était glaciale ; et le pire était qu'elle me semblait plus froide à chaque seconde.

Mon erreur fut d'avancer d'un pas vers la table. Un bruit étrange s'éleva dans mon dos. Pas de doute, c'était un sifflement de colère ; et il avait retenti tout près de mon oreille gauche, si près que je sentis même un souffle dans mon cou.

L'Épouvanteur m'avait enjoint de ne pas descendre trop tôt. Je compris que j'étais en danger.

À peine avais-je eu cette pensée que je reçus un violent coup sur la nuque. Je titubai vers la porte, manquant de peu de m'écrouler.

Je n'avais pas besoin d'un autre avertissement. Je sortis de la cuisine en courant et remontai les escaliers. À mi-étage, je me figeai : quelqu'un m'attendait sur le palier, une silhouette imposante se dessinant à contre-jour dans l'embrasure de ma porte.

J'hésitai, ne sachant quel parti prendre, quand le son d'une voix familière me rassura : c'était l'Épouvanteur.

Je le voyais pour la première fois sans son grand manteau. Il était vêtu d'un pantalon gris et d'une tunique noire, et je découvris que, en dépit de sa haute taille et de ses larges épaules, c'était un homme mince, sans doute à cause de ces longues périodes où il ne se nourrissait que de fromage. Il me rappelait les meilleurs laboureurs, lorsqu'ils avancent en âge. Certains s'empâtent, mais la plupart – comme ceux que mon père engageait pour la moisson, depuis que cinq de mes frères avaient quitté la ferme – étaient secs et musclés. « Moins de graisse, plus de force », disait toujours papa. Et, en regardant l'Épouvanteur, je comprenais pourquoi il était capable de marcher sur d'aussi longues distances sans ralentir le pas.

– Je t'avais pourtant demandé de ne pas descendre trop tôt, remarqua-t-il d'une voix tranquille. Tu t'es fait boxer les oreilles, n'est-ce pas ? Que cela te serve d'avertissement, petit ! La prochaine fois, ça pourrait être pire.

– J'ai cru avoir entendu la cloche, me défendis-je. Mais c'était sans doute en rêve.

L'Épouvanteur rit doucement :

– Voilà l'une des premières leçons d'un futur épouvanteur : apprendre à reconnaître si on rêve ou si on est éveillé ! Certains n'y réussissent jamais.

Il descendit quelques marches et me tapota l'épaule :

– Viens ! Je vais te montrer le jardin. Il faut bien commencer ton instruction quelque part, et cela nous aidera à patienter jusqu'au petit déjeuner.

Mon maître me fit passer par la porte de derrière, et je constatai que le jardin était beaucoup plus grand que je l'avais cru. Nous marchâmes vers l'est, clignant des yeux à cause du soleil matinal, et atteignîmes la pelouse coupée par l'allée de graviers.

— En réalité, m'expliqua l'Épouvanteur, il y a trois jardins, où l'on accède par une allée comme celle-ci. Nous visiterons d'abord celui qui donne à l'est. Au lever du soleil, on y est en sécurité. Mais ne t'y aventure pas à la nuit tombée sans une excellente raison ; et, en tout cas, jamais seul !

Un peu nerveux, je suivis mon maître vers la lisière du bois. À proximité des arbres, l'herbe était plus haute, et piquetée de jacinthes sauvages. J'ai toujours aimé les jacinthes, parce qu'elles fleurissent au printemps et annoncent le retour des beaux jours. Mais, à cet instant, je ne leur accordai pas même un regard. Les branches cachaient le soleil, et l'air se refroidit brusquement, ce qui me rappela ma mésaventure dans la cuisine. Cette partie du bois avait quelque chose d'étrange et de menaçant, et plus nous avancions, plus la température baissait.

Il y avait des nids de corneilles au-dessus de nos têtes, et leurs cris rauques et furieux me firent frissonner autant que le froid. Leurs voix étaient aussi peu harmonieuses que celle de mon père, qui se mettait toujours à chanter quand nous terminions la traite. Si le lait tournait, maman disait que c'était sa faute.

L'Épouvanteur s'arrêta et désigna quelque chose par terre, cinq pas devant nous.

— Qu'est-ce que c'est ? me demanda-t-il à voix basse.

L'herbe avait été arrachée, et, au centre d'un large cercle de terre nue, il y avait une pierre tombale. Plantée verticalement, elle penchait légèrement sur la gauche. Devant la stèle, une portion du sol était délimitée par des pierres moins hautes. C'était tout à fait inhabituel. Or, il y avait plus étrange encore : treize épais barreaux de fer étaient fermement fixés aux pierres du pourtour par de gros verrous. Je les comptai deux fois pour être sûr.

— Eh bien, petit, je t'ai posé une question. Qu'est-ce que c'est ?

J'avais la bouche si sèche que je réussis tout juste à coasser deux mots :

— Une tombe.

— Bonne réponse ! Remarques-tu quelque chose de particulier ?

Je hochai la tête, incapable d'en dire plus.

L'Épouvanteur sourit et me tapota l'épaule.

— Tu n'as aucune raison d'avoir peur. Il n'y a là qu'une sorcière morte, et pas des plus puissantes. Comme elle ne pouvait reposer dans une terre bénie, on l'avait enterrée en dehors du cimetière, à quelques milles d'ici. Mais elle a réussi à se libérer. Je l'ai sermonnée et, comme elle ne voulait rien entendre, je l'ai bouclée là. Les gens du pays se sentent plus tranquilles ; ils peuvent aller et venir en paix. Ils n'aiment pas s'embarrasser de soucis de ce genre, c'est notre tâche à nous.

J'opinai de nouveau et m'aperçus soudain que j'avais cessé de respirer. J'aspirai une longue goulée d'air. Mon cœur cognait follement, et je tremblais de la tête aux pieds.

— Elle n'est plus guère dangereuse, maintenant, continua mon maître. De temps à autre, à la pleine lune, on l'entend s'agiter ; mais elle n'a pas assez de force pour atteindre la surface, et les barres de fer l'empêcheraient de sortir, de toute façon. Il y a pire, un peu plus loin, sous les arbres.

Il tendit le doigt vers l'est :

— Compte vingt pas, et tu y seras.

Pire ? Qu'est-ce qui pouvait être pire ? Je devinais qu'il ne tarderait pas à me le dire.

— Il y a là deux autres sorcières, m'apprit-il en effet, l'une morte, l'autre vivante. La morte est enterrée verticalement, la tête en bas. Malgré ça, une ou deux fois par an, il faut renforcer les barres sur sa tombe. Ne t'en approche jamais après le crépuscule.

— Pourquoi la tête en bas ? demandai-je.

— Bonne question, petit ! L'esprit d'une sorcière morte, vois-tu, se réfugie dans ses os. Certaines n'ont même pas conscience d'être mortes. Les enterrer la tête en bas suffit généralement à les faire tenir tranquilles. Mais les sorcières ont chacune leur caractère ; certaines se montrent particulièrement têtues. On dirait qu'elles cherchent à renaître. Il faut donc leur rendre les choses le plus difficiles possible en les enterrant dans le mauvais sens. Venir au monde les pieds devant n'est pas une chose aisée, ni pour un bébé, ni pour une sorcière. Toutefois, celle-ci reste dangereuse. Ne t'en approche pas !

Quant à la vivante, tiens-t'en à bonne distance ! Morte, elle serait encore plus dangereuse, car une sorcière aussi puissante n'aurait aucun mal à revenir de l'au-delà. C'est pourquoi nous la gardons au fond d'un puits. Elle s'appelle Mère Malkin. On l'entend sans cesse chuchoter, se parlant à elle-même. C'est l'être le plus maléfique qui soit. Elle est dans ce puits depuis fort longtemps, et une partie de ses pouvoirs se sont dissous dans la terre. Mais elle serait enchantée de mettre la main sur un gamin dans ton genre. Aussi, je te le répète, reste à bonne distance ! Promets-moi de ne jamais l'approcher. Je veux t'entendre le dire !

— Je promets de ne pas m'en approcher, murmurai-je, affreusement mal à l'aise.

Cela me paraissait bien cruel de garder dans un trou une créature vivante, fût-elle sorcière. J'étais sûr que cette méthode ne plairait pas à maman.

– C'est bien, mon garçon. Je ne veux plus voir se reproduire un incident comme celui de ce matin. Il pourrait t'arriver pire que de te faire boxer les oreilles. Bien pire.

Il me l'avait déjà dit, et je le croyais. Je n'avais pas besoin qu'il me le répète. Heureusement, il avait d'autres choses à me montrer, et il ne revint pas sur la question. Nous sortîmes du bois, et il me mena vers une autre pelouse.

– Voici le jardin sud, dit-il. N'y viens pas non plus le soir venu.

Là aussi, une allée menait vers le bois. Le soleil fut caché par un épais branchage, et l'air se refroidit : nous approchions d'une chose mauvaise. L'Épouvanteur s'arrêta à dix pas d'une dalle. Près des racines noueuses d'un chêne, elle couvrait une surface beaucoup plus grande que celle d'une tombe ordinaire, et, à en juger d'après la hauteur de pierre qui dépassait du sol, elle devait être très épaisse.

– Qu'est-ce qui est enterré là, à ton avis ? me demanda l'Épouvanteur.

Je fis de mon mieux pour répondre d'un ton assuré :

– Une autre sorcière ?

– Non. On n'a pas besoin d'une telle pierre pour retenir une sorcière. Le fer y suffit, généralement. Or, la créature qui est là-dessous se glisserait en un clin d'œil entre des barres métalliques. Examine attentivement cette dalle ! Vois-tu l'inscription gravée dessus ?

$$\beta I$$
Gregory

J'acquiesçai. Je reconnaissais la lettre, mais j'ignorais ce qu'elle représentait.

– C'est le bêta grec, dit l'Épouvanteur, la lettre que nous utilisons pour désigner un gobelin. La ligne diagonale signifie qu'un artifice le retient sous cette dalle. À droite de la lettre, le chiffre romain *un*, l'échelon le plus haut, signale une créature extrêmement dangereuse. On utilise un classement de un à dix, souviens-t'en. Un jour ou l'autre, cela peut te sauver la vie. Un être classé *dix* a si peu de pouvoir qu'on remarque à peine sa présence. Celui qui est classé *un* est en mesure de te tuer. J'ai dépensé une fortune pour faire transporter cette dalle jusqu'ici, mais ça valait le coup. Ce gobelin est étroitement emprisonné, désormais, et il ne bougera pas d'ici avant que sonne la trompette du Jugement Dernier.

Tu auras beaucoup à apprendre à propos des gobelins, mon garçon, et je vais commencer ton instruction tout de suite après le petit déjeuner. Un gobelin en liberté peut parcourir des milles, usant partout de sa malignité. Si un gobelin particulièrement gênant refuse d'entendre raison, ton travail est de trouver l'artifice capable de l'entraver définitivement ; ce qui est, tu t'en doutes, plus facile à dire qu'à faire.

L'Épouvanteur fronça les sourcils, comme si une pensée désagréable le frappait soudain.

— Un de mes apprentis a eu de sérieux ennuis en tentant de neutraliser un gobelin, fit-il d'un ton lourd de tristesse. Mais ce n'est que ton premier jour ici, nous en reparlerons plus tard.

Au même instant, une cloche sonna au loin. L'Épouvanteur sourit.

— Sommes-nous éveillés ou endormis ? me demanda-t-il.

— Éveillés.

— Tu en es sûr ?

Je hochai la tête.

— En ce cas, allons déjeuner ! Je te montrerai l'autre jardin quand tu auras le ventre plein.

6
Une fille aux souliers pointus

La cuisine s'était transformée, depuis ma malencontreuse incursion matinale. Un feu flambait dans l'âtre, deux assiettes emplies d'œufs au bacon étaient disposées sur la table, ainsi qu'une miche de pain frais et une grosse motte de beurre.

– Mange pendant que c'est chaud! m'invita l'Épouvanteur.

Je ne me fis pas prier, et j'eus vite fait de vider mon assiette tout en dévorant la moitié du pain.

Après quoi, mon maître s'adossa à sa chaise, fourragea dans sa barbe et me posa une question d'importance.

— Qu'en penses-tu ? demanda-t-il, les yeux fixés sur les miens. N'était-ce pas les meilleurs œufs au bacon que tu aies jamais mangés ?

Ce n'était pas mon avis. Je les avais trouvés bons ; bien supérieurs à un morceau de fromage jaune, en tout cas ! Mais, chez moi, à la ferme, maman m'en préparait de bien meilleurs. Il me sembla toutefois que ce n'était pas la réponse appropriée. J'optai donc pour un pieux mensonge, de ceux qui ne prêtent pas à conséquence et font plaisir à votre interlocuteur.

— Oui, affirmai-je. Je n'avais jamais eu de petit déjeuner plus exquis. Je suis vraiment désolé d'être descendu trop tôt. Cela ne se reproduira plus, je le promets.

L'Épouvanteur eut un sourire qui lui fendit le visage d'une oreille à l'autre. Se levant, il me flanqua une tape amicale sur l'épaule et me conduisit de nouveau au jardin.

Dès que nous fûmes sortis, il retrouva son air grave.

— Bien joué, petit ! Il existe deux catégories d'êtres particulièrement sensibles à la flatterie : les femmes et les gobelins. Ça marche à tous les coups.

Rien ne me permettait de croire à la présence d'une femme dans la cuisine. Cela confirmait donc mes soupçons : c'était un gobelin qui préparait nos repas. Cependant, j'étais troublé. Un épouvanteur n'avait-il pas pour tâche d'entraver les gobelins pour les empêcher de nuire ? Comment mon maître pouvait-il en avoir un à son service, chargé des corvées ménagères ?

Nous empruntâmes la troisième allée, les graviers blancs crissant sous nos pieds.

– Voici le jardin ouest, m'expliqua l'Épouvanteur. On y est en sécurité de jour comme de nuit. J'y médite souvent quand un problème demande réflexion.

Franchissant la trouée dans la haie, nous marchâmes bientôt sous les arbres. Je sentis aussitôt la différence. Ici, les oiseaux chantaient, les branches se balançaient doucement dans la brise matinale. C'était un endroit plaisant.

Nous continuâmes jusqu'au sortir du bois, à flanc de colline. Le ciel était si clair que l'on voyait distinctement les autres monts, sur notre droite ; et, le long de la pente, les murets de pierres sèches délimitant les parcelles de culture.

L'Épouvanteur désigna un banc de bois :
– Assieds-toi, petit !

J'obéis. Mon maître me scruta un long moment, ses yeux verts fixés sur les miens. Puis il se mit à faire les cent pas sans dire un mot, regardant maintenant droit devant lui, le visage dépourvu d'expression. Il enfonça les mains dans les poches de son pantalon, puis s'assit à mon côté et m'interrogea :

– À ton avis, combien de sortes de gobelins existe-t-il ?

Je n'en avais pas la moindre idée.

– J'en connais au moins deux, répondis-je. Les libres et les entravés. Pour les autres, je n'en sais rien.

– Bonne réponse, petit ! Tu as enregistré ce que je t'ai déjà appris, et tu ne parles pas à tort et à travers. Vois-tu, les gobelins sont comme les gens, ils ont chacun leur personnalité. Malgré tout, on peut distinguer certaines catégories et les nommer, d'après la forme qu'ils prennent ou d'après leur comportement et le genre de maléfices dont ils usent.

Il sortit de sa poche droite un volume à couverture noire et me le tendit :

– Ceci est à toi, à présent. Prends-en grand soin et, quoi que tu fasses, ne le perds pas !

À sa forte odeur de cuir, je compris que l'ouvrage était fraîchement relié. M'attendant à y lire tous les secrets du métier d'épouvanteur, je fus déçu, en l'ouvrant, de n'y trouver que des pages blanches. Apparemment, ce serait à moi de le remplir, car mon maître tira de son autre poche une plume et une petite bouteille d'encre.

– Prépare-toi à prendre des notes, me dit-il en se levant et se remettant à arpenter l'allée. Et ne gaspille pas l'encre, elle ne coule pas du pis d'une vache !

Je débouchai le flacon avec précaution ; puis,

avec la même précaution, je trempai la plume dedans et ouvris mon calepin à la première page.

L'Épouvanteur avait déjà commencé la leçon :

– Tout d'abord, il y a les gobelins velus, qui prennent l'apparence d'animaux, de chiens ou de chats le plus souvent, de chèvres à l'occasion, voire de chevaux. Ceux-là sont particulièrement retors. Quelle que soit la forme qu'ils choisissent, il y a les hostiles, les débonnaires, et ceux qui oscillent entre les deux.

On trouve ensuite les esprits frappeurs, qui se manifestent parfois sous forme de pluies de pierres, et qui deviennent furieux lorsqu'on les provoque. Mais ne t'imagine pas que nous, les épouvanteurs, n'avons à faire qu'aux gobelins ! Des morts en quête de repos errent ici et là. Et, pour nous rendre la tâche encore plus difficile, les sorcières sont légion, dans ce comté. Nous n'en avons plus en activité dans le coin, pour le moment ; par contre, vers l'est, du côté de la colline de Pendle, c'est un véritable fléau. D'autre part, souviens-toi qu'elles sont toutes différentes. Elles se divisent en quatre catégories : les pernicieuses, les bénévolentes, les faussement accusées et les inconscientes.

Comme vous pouvez vous en douter, j'étais complètement perdu. Il parlait si vite que je n'avais pas réussi à écrire un seul mot. De plus, il employait des termes que je ne connaissais pas. Heureusement, il fit une pause ; il avait dû remarquer mon air ahuri :

– Qu'est-ce qui ne va pas, petit ? Exprime-toi ! Ne crains pas de poser des questions !

– Je n'ai pas tout compris, à propos des sorcières, dis-je.

– C'est simple, expliqua-t-il. Les pernicieuses sont mauvaises, les bénévolentes sont bonnes. Quant aux inconscientes, elles ignorent qu'elles sont sorcières. Et, comme elles sont également femmes, elles causent deux fois plus de problèmes. Ne fais jamais confiance à une femme !

– Ma mère est une femme, répliquai-je avec un brin d'irritation. Et je lui fais confiance.

– Les mères sont généralement des femmes, ironisa l'Épouvanteur, et généralement dignes de confiance, au moins pour leurs fils. Quant aux autres, méfie-toi d'elles ! J'ai eu une mère, et j'ai eu confiance en elle, je me souviens de ce sentiment.

À brûle-pourpoint, il me demanda :

– Aimes-tu les filles ?

– Je n'en connais pas vraiment, avouai-je. Je n'ai pas de sœur.

– Tu seras donc pour elles une victime toute désignée. Méfie-toi des filles du village ! En particulier de celles qui portent des souliers pointus. Note ça, c'est une bonne façon de commencer !

Je ne voyais pas quel mal il y avait à porter des souliers pointus. Je savais que maman n'approuverait pas ces propos. Elle estimait que l'on devait se faire sa propre opinion sur les gens, sans s'occuper des idées préconçues. Je me gardai cependant d'argumenter, et j'écrivis en haut de la première page :

Les filles qui portent des souliers pointus

Il attendit que j'aie fini, puis me prit le cahier et la plume des mains :

– Il faut noter plus rapidement. Tu as beaucoup à apprendre, et tu auras vite rempli une douzaine de pages. Pour le moment, nous nous contenterons de trois ou quatre têtes de chapitre.

En haut de la deuxième page, il inscrivit *Gobelins velus* ; sur la page trois, *Esprits frappeurs* ; et en page quatre, *Sorcières*.

–Voilà ! fit-il. C'est un bon début. Tu inscriras là ce que tu as appris aujourd'hui sur ces différents sujets. Mais, d'abord, tu vas acheter de la nourriture au village, sinon, nous ne mangerons pas demain. Le meilleur cuisinier ne peut rien préparer sans approvisionnement. Rappelle-toi que tout doit tenir dans mon sac. Avant mon départ, je l'ai laissé chez le boucher ; tu passeras donc en premier à la boucherie. Tu n'auras qu'à demander la commande de M. Gregory.

Il me remit une pièce d'argent en m'enjoignant de ne pas perdre la monnaie. Puis il m'indiqua le chemin le plus court pour aller au village.

Je marchai un moment sous les arbres, franchis un échalier, avant de m'engager sur un étroit sentier escarpé. Cent pas plus loin, les toits d'ardoises grises de Chippenden m'apparurent.

Le village était plus important que je l'avais cru. Il comprenait au moins une centaine de maisons, une auberge, une école et une grande église surmontée d'un clocher. Je ne vis pas de marché, mais de nombreuses boutiques bordaient la rue principale, pavée et pentue, où circulaient des femmes chargées de paniers. Des charrettes attendaient des deux côtés de la chaussée. Apparemment, les épouses des fermiers des environs et les habitants des hameaux voisins faisaient leurs courses à Chippenden.

Je n'eus aucun mal à trouver la boucherie, et fis la queue derrière une file de ménagères qui bavardaient avec animation. Le boucher, un gros barbu rougeaud et affable, appelait chacune par son nom. Toutes riaient aux éclats à ses plaisanteries. Je n'en comprenais pas la moitié, mais les clientes, elles, s'amusaient beaucoup. Personne ne remarquait ma présence.

Puis ce fut mon tour d'être servi.

– Je viens prendre la commande de M. Gregory, dis-je.

Le silence se fit aussitôt, et les rires cessèrent. Le boucher sortit un grand sac de derrière le comptoir. J'entendis des chuchotements dans mon dos. Mais, même en tendant l'oreille, je ne pus rien saisir. Lorsque je me retournai, les regards m'évitèrent, certains obstinément baissés vers le sol.

Je tendis la pièce d'argent au boucher, vérifiai ma monnaie et remerciai. Balançant le sac sur mon épaule, je quittai la boutique. Mes achats à l'épicerie se firent en un rien de temps : les provisions étaient déjà enveloppées. Je mis le paquet dans le sac, qui commençait à s'alourdir.

Jusque-là, les choses ne s'étaient pas trop mal passées.

C'est en me dirigeant vers la boulangerie que j'aperçus la bande. Ils étaient sept ou huit garçons, assis sur le muret d'un jardin. Rien d'étrange à cela, sinon qu'aucun d'eux ne parlait. Ils se contentaient de m'examiner avec des mines de loups affamés. On aurait dit qu'ils comptaient mes pas tandis que je m'avançais.

Lorsque je sortis de la boutique, ils étaient toujours là. Et, quand je quittai le village pour reprendre le chemin de la colline, ils m'emboîtèrent le pas. Ce n'était sûrement pas une simple coïncidence. Cependant, je n'étais guère inquiet. En tant que petit dernier d'une famille de sept frères, je ne craignais pas les bagarres.

Le bruit de leurs bottes se rapprochait rapidement, peut-être parce que je ralentissais peu à peu. Je ne voulais pas qu'ils s'imaginent m'impressionner ; d'autre part, le sac était lourd, et la pente raide.

Ils me rattrapèrent une dizaine de pas avant l'échalier, là où le sentier s'enfonçait dans le petit bois. Les arbres poussant des deux côtés entremêlaient leurs branches, cachant le soleil.

– Ouvre ton sac, et montre-nous ce que tu as ! lança une voix derrière moi.

C'était une voix dure, habituée à donner des ordres ; une voix menaçante laissant entendre que son propriétaire aimait faire du mal et croyait avoir trouvé sa prochaine victime.

Je fis face, serrant le sac plus fort et le gardant solidement calé sur mon épaule. Celui qui avait parlé était le chef, il n'y avait aucun doute là-dessus. Les autres avaient les visages décharnés de types qui auraient bien besoin d'un bon repas ; mais lui, avec sa carrure de lutteur de foire, son cou de taureau et sa large face rouge, semblait avoir mangé pour eux tous. Il mesurait au moins une tête de plus que moi. Ses tout petits yeux me fixaient sans ciller.

Je crois que, s'il ne s'était pas montré si arrogant, je me serais laissé attendrir. Ces garçons paraissaient à moitié morts de faim, et je transportais quantité de pommes et de gâteaux dans mon sac.

D'un autre côté, je ne pouvais pas distribuer des provisions qui ne m'appartenaient pas.

– Ce n'est pas à moi, répondis-je. C'est à M. Gregory.

– Son dernier apprenti n'avait pas tant de scrupules, répliqua le caïd en approchant son visage du mien. Il ouvrait gentiment son sac. Si tu as un peu de jugeote, tu feras pareil. Tu es contre la manière douce ? Alors, ce sera la manière forte, et le résultat sera le même, de toute façon.

La bande m'encercla, et je sentis qu'on tirait sur le sac, derrière moi. Je ne voulais pas céder. J'affrontai mon adversaire du regard, m'efforçant de ne pas baisser les yeux.

À cet instant, il y eut un mouvement dans les fourrés, quelque part sur ma droite. Surpris, nous tournâmes tous la tête de ce côté.

Une silhouette sombre se dessina dans l'obscurité du bois. En plissant les paupières, je vis que c'était une fille. Elle avançait vers nous à pas lents, dans un silence tel qu'on aurait entendu tomber une épingle, si souplement qu'elle semblait flotter au ras du sol. Elle s'arrêta à la lisière des arbres, comme si elle craignait la lumière du soleil.

– Pourquoi ne le laissez-vous pas tranquille ? lança-t-elle.

Ça ressemblait à une question, mais le ton de sa voix me fit comprendre que c'était un ordre.

— De quoi tu te mêles ? aboya le meneur, le menton en avant et les poings serrés.

— Ce n'est pas de moi qu'il faut vous inquiéter, répliqua-t-elle, toujours dans l'ombre. Lizzie est de retour et, si vous ne faites pas ce que je vous demande, elle s'occupera de vous.

— Lizzie ? lâcha le garçon en reculant d'un pas.

— Lizzie l'Osseuse. Ma tante. Ne me dites pas que vous n'avez jamais entendu parler d'elle !

Avez-vous déjà eu l'impression que le temps s'arrêtait ? Avez-vous déjà écouté une pendule battre comme si une éternité s'étirait entre le tic et le tac ? Eh bien, c'est exactement ce que je ressentis, jusqu'au moment où la fille émit un sifflement entre ses dents. Puis elle cria :

— Fichez-le camp ! Filez ! Vite ! Ou vous êtes morts !

L'effet de ses paroles fut immédiat. Ce que je lus sur les visages des garçons n'était pas de la peur, c'était de la terreur. Le chef tourna les talons et dévala la colline, sa troupe d'affamés à sa suite.

Bien qu'ignorant la raison d'une telle panique, je faillis partir moi aussi en courant. La fille me dévisageait avec de grands yeux, et je n'arrivais plus à respirer normalement ; j'étais comme une souris sous le regard d'un serpent. Mais, qui qu'elle soit, je ne voulais pas la laisser me dominer.

Toujours cramponné au sac de l'Épouvanteur, j'obligeai mon pied gauche à bouger, mon corps à se tourner dans la même direction que mon nez. La fille m'interpella :

– Et toi, tu ne t'enfuis pas ?

Je fis non de la tête, la bouche sèche. Si j'avais tenté de parler, les mots ne seraient pas sortis.

Elle semblait être à peu près de mon âge ou juste un peu plus jeune. Elle avait un joli visage encadré de longs cheveux noirs, de grands yeux bruns et de hautes pommettes. Elle portait une robe noire étroitement serrée à la taille par une cordelière blanche. En l'observant mieux, je notai un détail troublant : cette fille portait des souliers pointus.

Je me rappelai aussitôt l'avertissement de l'Épouvanteur. Cependant, je me refusai à filer comme les autres.

– Ne devrais-tu pas me remercier ? poursuivit-elle. Un remerciement, ça fait plaisir, de temps en temps.

– Merci, murmurai-je tout bas, incapable d'en dire plus.

– Eh bien, c'est un début ! soupira-t-elle. Mais, pour me remercier comme il faut, tu devrais m'offrir quelque chose, non ? Un gâteau ou une pomme ferait l'affaire. Ce n'est pas beaucoup demander, tu en as plein ton sac. Le vieux Gregory ne s'en apercevra pas. Et, même s'il s'en apercevait, il ne dirait rien.

Je fus choqué de l'entendre appeler l'Épouvanteur « le vieux Gregory ». Je savais que cela ne plairait pas à mon maître, et j'en déduisais deux choses. Premièrement, cette fille n'avait guère de respect pour lui ; deuxièmement, elle ne le craignait pas le moins du monde. Là d'où je venais, la simple idée d'avoir un épouvanteur dans le voisinage faisait frissonner les gens.

– Désolé, répliquai-je, je ne peux pas. Ces provisions ne sont pas à moi.

Elle me fixa un long moment avec intensité, sans dire un mot. Je crus qu'elle allait se mettre de nouveau à siffler entre ses dents. Je soutins son regard de mon mieux, jusqu'à ce qu'un léger sourire éclaire son visage. Elle reprit alors :

– En ce cas, tu dois au moins me faire une promesse.

– Une promesse ? répétai-je, me demandant où elle voulait en venir.

– La promesse de m'aider comme je t'ai aidé. Je n'ai besoin de rien, pour l'instant, mais un autre jour, peut-être...

– Ça me paraît juste, répondis-je. Le moment venu, tu n'auras qu'à me prévenir.

Cette fois, elle eut un large sourire :

– Comment t'appelles-tu ?

– Tom Ward.

— Moi, je suis Alice, et j'habite par là, dit-elle en désignant les profondeurs du bois. Je suis la nièce préférée de Lizzie l'Osseuse.

Ce nom me parut bizarre. De plus, il avait suffi à terroriser les garçons du village. Je trouvai cependant impoli de l'interroger là-dessus.

Ce fut la fin de notre conversation et nous repartîmes chacun de notre côté. Comme elle s'éloignait, Alice me lança par-dessus son épaule :

— Sois prudent si tu ne veux pas finir comme le dernier apprenti !

— Que lui est-il arrivé ?

— Pose plutôt la question au vieux Gregory ! me cria-t-elle en disparaissant derrière les arbres.

Lorsque je fus de retour, l'Épouvanteur sortit le contenu du sac en vérifiant tout sur une liste. Enfin, il me questionna :

— As-tu eu des problèmes, au village ?

— Des garçons m'ont suivi sur la colline et m'ont ordonné d'ouvrir mon sac. Mais j'ai refusé.

— C'est courageux de ta part. La prochaine fois, tu pourras leur laisser quelques gâteaux et quelques pommes. La vie n'est pas facile, par ici, et ces gamins appartiennent à des familles très pauvres. Je commande toujours un peu plus que nécessaire, au cas où.

Je me sentis contrarié. Pourquoi ne me l'avait-il pas dit plus tôt ?

— Je ne voulais pas le faire sans votre autorisation, dis-je.

L'Épouvanteur leva les sourcils :

— Tu avais envie de leur donner quelque chose ?

— Je n'aime pas qu'on me force la main. Mais ils semblaient vraiment affamés.

— Alors, la prochaine fois, suis ton instinct, décide toi-même, me recommanda mon maître. Fais confiance à la voix de ton cœur, elle se trompe rarement. Un épouvanteur doit pouvoir s'appuyer là-dessus, c'est parfois une question de vie ou de mort. Il va te falloir réfléchir à ça : dans quelle mesure peux-tu te fier à tes impulsions ?

Il se tut, ses yeux verts scrutant mon visage.

— Pas de problèmes avec des filles ? s'enquit-il brusquement.

Je lui en voulais encore un peu, c'est pourquoi je ne fus pas tout à fait franc :

— Aucun problème !

D'ailleurs, ce n'était pas un mensonge. Alice ne m'avait pas posé de problème ; au contraire, elle m'était venue en aide. Cela dit, je savais bien qu'il me demandait si j'avais rencontré des filles, et je savais aussi que j'aurais dû lui parler de celle-ci. D'autant qu'elle portait des souliers pointus.

Je commis beaucoup d'erreurs pendant mon apprentissage.

Ne pas dire l'entière vérité à l'Épouvanteur fut la deuxième.

La première, et de loin la plus grave, avait été de faire cette promesse à Alice.

7

Il faut que quelqu'un le fasse

près cet incident, la routine du travail occupa
mes journées. L'Épouvanteur continuait ses
leçons à un rythme si rapide que j'avais mal au poignet à force d'écrire, et les yeux me piquaient.

Un après-midi, il m'emmena à l'autre bout du
village, au-delà des dernières maisons, jusqu'à un
cercle de saules que, dans le pays, on appelait « arbres
à osier ». C'était un endroit lugubre. Une corde pendait à une des branches. En levant les yeux, je vis
une grosse cloche de cuivre.

– Les gens qui ont besoin d'aide ne montent pas
à la maison, m'expliqua-t-il. Personne ne vient chez
moi à moins d'avoir été invité, je suis strict sur ce

point. En cas de nécessité, ils descendent ici et font sonner la cloche. Alors, nous nous rendons chez eux.

Depuis que j'étais l'apprenti de l'Épouvanteur, des jours et des jours avaient passé, et personne n'avait tiré la cloche. En dehors de mes visites au village pour les courses de la semaine, je ne m'étais pas promené plus loin que le jardin ouest. Je me sentais très seul, et ma famille me manquait.

Heureusement, mon maître ne me laissait jamais inoccupé, je n'avais donc guère le temps de déprimer. Le soir, j'étais si fatigué que je m'endormais à peine la tête posée sur l'oreiller.

Les leçons étaient les moments les plus intéressants de la journée, même si je n'apprenais pas grand-chose à propos des ombres, des fantômes ou des sorcières. Selon l'Épouvanteur, le sujet d'étude principal d'un apprenti au cours de sa première année concernait les gobelins, ainsi qu'un peu de botanique : les plantes médicinales, et celles que l'on peut consommer si on ne dispose pas d'autre nourriture. Toutefois, les leçons ne se résumaient pas à la prise de notes, et certains travaux pratiques se révélèrent aussi durs que ceux de la ferme.

Les exercices commencèrent lors d'une chaude matinée ensoleillée, quand l'Épouvanteur m'ordonna de poser mon livre et me conduisit dans le jardin sud. Il me fit emporter une bêche et une longue baguette servant à mesurer.

—Les gobelins en liberté, m'informa-t-il, circulent le long de leys. Quelquefois, il y a des complications, suite à une tempête ou à un tremblement de terre. De mémoire de vivants, il ne s'est pas produit d'importante secousse dans notre comté ; cependant, les leys étant tous reliés entre eux, ce qui bouleverse l'un, même à des milles de distance, perturbe aussi les autres. Il arrive donc qu'un gobelin soit immobilisé dans tel ou tel lieu pendant des années. On dit qu'il est « naturellement entravé ». Bien souvent, il ne peut alors se déplacer de plus d'une dizaine de pas dans chaque direction, et cause peu d'embarras tant qu'on ne s'en approche pas. Au cas où il se trouve enfermé près d'une habitation ou, pire, à l'intérieur, il faut le déplacer et l'entraver artificiellement ailleurs.

—Qu'est-ce qu'un ley ? demandai-je.

—Personne n'a de certitude là-dessus, petit. On pense généralement qu'il s'agit de très anciens sentiers quadrillant le pays, les sentiers de nos lointains ancêtres, au temps où les choses de l'ombre savaient rester à leur place. La santé était meilleure, alors, la vie plus longue et les hommes plus heureux.

—Qu'est-ce qui s'est passé ensuite ?

—Les glaces du Nord se répandirent, refroidissant la Terre. Il devint si difficile de survivre que les hommes oublièrent tout ce qu'ils avaient appris. Les anciens savoirs ne comptaient plus. Manger et se tenir au chaud étaient les seuls soucis. Quand la glace se retira enfin, les survivants étaient devenus des chasseurs, vêtus de peaux de bêtes, et les forces obscures régnaient partout.

Il se tut un instant avant de continuer :

– Les choses vont un peu mieux, de nos jours, bien qu'il y ait encore beaucoup à faire. Les leys sont des vestiges de ces temps reculés. Cependant, ils sont bien plus que des sentiers : ce sont des lignes de pouvoir, profondément enfoncées dans la terre, des routes invisibles que les gobelins en liberté parcourent à une vitesse folle. Lorsque ces grands fauteurs de troubles investissent un nouveau lieu, ils ne sont pas les bienvenus, ce qui les emplit de colère. Ils jouent alors aux gens des tours à leur façon, parfois extrêmement cruels. C'est là que nous agissons, en les maintenant artificiellement enfermés au fond d'une fosse, comme celle que tu vas creuser maintenant.

Il me désigna un emplacement, au pied d'un vieux chêne :

– Voici un endroit qui convient. Il y a assez de place entre les racines.

L'Épouvanteur m'indiqua les dimensions du trou : six pieds de long, trois pieds de large, six pieds de profondeur. Malgré l'ombre des arbres, il faisait trop chaud pour ce travail, qui me prit des heures, mon maître étant un perfectionniste.

Après avoir creusé la fosse, je préparai un mélange puant, composé de sel, de limaille de fer et d'une sorte de glu à base d'ossements pilés.

– Le sel brûle les gobelins, m'expliqua l'Épouvanteur. Le fer, de même qu'il attire la foudre et l'emmène se perdre dans la terre, aspire les forces des êtres des ténèbres. Il peut mettre fin aux méfaits des gobelins les plus nuisibles. Le mélange de sel et de fer est extrêmement efficace

Après avoir remué cette mixture dans un grand seau de métal, j'en barbouillai l'intérieur de la fosse avec une brosse. C'était plus difficile que de peindre un mur, car la couche devait être parfaitement égale, afin d'empêcher le plus roué des gobelins de s'échapper.

– Ceci exige un soin extrême, petit, me dit l'Épouvanteur. Ces créatures sont capables de se faufiler par un trou pas plus gros qu'une tête d'épingle.

Bien sûr, une fois mon maître satisfait de mon travail, il ne me resta plus qu'à reboucher la fosse, et en commencer une autre. Il me fit préparer ainsi deux fosses par semaine. C'était long, c'était dur, et assez effrayant aussi, car je travaillais parfois tout près de celles contenant réellement un gobelin. Même en plein jour, ces lieux me collaient la chair de poule. L'Épouvanteur n'était jamais bien loin, cependant, et il se tenait sur ses gardes, un gobelin – même entravé – restant toujours dangereux.

J'appris également à connaître chaque pouce du comté, chaque ville, chaque village, et les voies les plus rapides pour se rendre d'un lieu à un autre. Alors qu'il disait avoir dans sa bibliothèque quantité de cartes, il ne me facilitait jamais la tâche. Ainsi, il m'obligea à dessiner ma propre carte.

Au centre, il y avait sa maison avec ses jardins, puis le village et les collines proches. J'étais censé la compléter en y ajoutant au fur et à mesure les campagnes environnantes. Le dessin n'était pas mon point fort, et, mon maître étant pointilleux en tout, ma carte mit bien du temps à prendre forme. Alors seulement il me montra ses propres cartes, que je passai plus de temps à déplier et à replier avec le plus grand soin qu'à étudier.

Dans le même temps, je commençai à tenir mon journal. Pour cela, l'Épouvanteur m'avait remis un autre cahier, me rappelant pour la millième fois que je devais consigner chaque fait, car, plus tard, cela pourrait m'être fort utile. Je n'écrivais cependant pas tous les jours. J'étais parfois trop fatigué, et j'avais des crampes dans la main à force de noter à toute vitesse les paroles de mon maître.

Un matin, au petit déjeuner, alors que j'étais chez lui depuis un mois, il me demanda :

– Eh bien, mon garçon, qu'en penses-tu ?

Je crus qu'il parlait du repas, car le bacon avait été servi un peu brûlé, ce jour-là. Je me contentai donc de hausser les épaules. Je ne voulais pas offenser le gobelin cuisinier, qui était sûrement là, à nous écouter.

– C'est un dur travail, reprit-il, et je ne te blâmerais pas si tu décidais d'abandonner maintenant. Au bout d'un mois, j'offre à chacun de mes apprentis la possibilité de retourner chez lui, afin de réfléchir tranquillement. Libre à lui, ensuite, de revenir ou pas. Veux-tu faire de même ?

Je m'appliquai à ne pas trop montrer ma joie ; je ne pus cependant dissimuler le sourire qui s'étalait sur mon visage. Malheureusement, plus je souriais, plus l'Épouvanteur semblait abattu. J'eus la certitude qu'il souhaitait que je reste, mais j'avais trop envie de m'en aller. L'idée de revoir ma famille et de goûter de nouveau aux bons petits plats de maman m'apparaissait comme un rêve.

Une heure plus tard, j'étais parti.

– Tu es un brave garçon, et tu es doué, m'avait dit mon maître, à la grille. Tu as réussi l'épreuve du premier mois. Tu pourras donc dire à ton père que, si tu désires continuer, je passerai le voir à l'automne pour encaisser mes dix guinées. Bien que tu aies l'étoffe d'un bon apprenti, c'est à toi de décider, petit. Si tu ne reviens pas, je saurai que tu as renoncé. Sinon, je t'attends dans une semaine. Je te dispenserai alors cinq années d'enseignement, qui feront de toi un épouvanteur digne de ce nom.

Je cheminais le cœur léger. Je n'avais pas osé dire à mon maître qu'au moment même où il m'avait offert cette chance de retourner chez moi, j'avais décidé que je ne reviendrais pas. Il m'en avait suffisamment appris pour que je devine combien ce métier était terrible. En plus de la solitude, il fallait affronter sans cesse la peur et le danger. Personne ne se souciait de savoir si vous étiez vivant ou mort. Les gens voulaient seulement qu'on les débarrasse des êtres maléfiques qui leur pourrissaient l'existence ; peu leur importait ce que cela vous coûtait.

L'Épouvanteur m'avait raconté qu'il avait bien failli être tué par un gobelin. En l'espace d'un clignement d'œil, celui-ci s'était transformé en pluie de pierres, et l'avait presque assommé avec un rocher gros comme une enclume. Il n'avait pas encore été payé pour ce travail ; il espérait recevoir l'argent au printemps suivant. Ce n'était pas demain la veille ! Franchement, pourquoi choisir un tel métier ? Tout en marchant d'un bon pas, je me disais que j'aimerais encore mieux trimer à la ferme.

Le voyage me prit presque deux journées, ce qui me donna le loisir de réfléchir. Je me souvins combien je m'étais ennuyé, parfois, à la maison. Supporterais-je vraiment la vie de fermier pour le reste de mes jours ?

Je me demandais aussi ce qu'en penserait maman. Elle avait tout fait pour que je devienne l'apprenti de l'Épouvanteur, et, si je renonçais, je la décevrais beaucoup. Le plus difficile serait de le lui dire, et d'encaisser sa réaction.

Le soir de mon premier jour de marche, j'avais terminé le fromage que l'Épouvanteur m'avait remis pour le voyage. Le lendemain, je ne fis donc halte qu'une seule fois pour baigner mes pieds dans un ruisseau, et j'arrivai à la ferme à l'heure de la traite du soir.

Lorsque je franchis le portail, papa traversait la cour, se rendant à l'étable. Quand il m'aperçut, son visage s'épanouit. Je proposai de l'aider pour qu'on puisse bavarder, tous les deux, mais il me dit d'entrer et de parler d'abord avec maman :

– Tu lui as beaucoup manqué, fils. Te voir chassera la tristesse de ses yeux.

Il me tapota le dos et s'en alla traire les bêtes. À peine avais-je fait dix pas que Jack sortit de la grange et se dirigea vers moi.

– Qu'est-ce qui te ramène si tôt ? demanda-t-il sur un ton un peu frais.

Pour être honnête, je dois même dire qu'il était plutôt froid. Un rictus lui tordait la bouche comme s'il tentait de cracher et de sourire en même temps.

– L'Épouvanteur m'a envoyé à la maison pour quelques jours, dis-je. Il m'a demandé de réfléchir et de décider si je continue ou pas.

– Ah oui ? Et qu'est-ce que tu envisages ?

– Je vais en parler à maman.

– Tu feras à ton idée, comme d'habitude ! grommela-t-il.

Il m'observait d'un œil renfrogné, et j'en déduisis que quelque chose était arrivé en mon absence. Sinon, pourquoi aurait-il été aussi peu amical ? Pourquoi mon retour l'aurait-il contrarié ainsi ?

– Et je n'arrive pas à croire que tu aies pris le briquet de papa, fit-il.

– C'est lui qui me l'a donné. Il voulait que je l'emporte.

– Il te l'a offert, mais ça ne signifiait pas que tu devais le garder. Le problème, avec toi, c'est que tu ne penses qu'à ta petite personne. Pauvre papa ! Il aimait tant ce briquet !

Je ne répondis rien, ne voulant pas entamer une dispute. Jack se trompait. Papa m'avait vraiment légué cet objet, j'en étais sûr.

– Puisque je suis de retour, dis-je pour changer de sujet, je vais pouvoir aider un peu.

– Si tu tiens vraiment à payer ton séjour, alors va nourrir les cochons, me lança-t-il en me plantant là.

C'était la corvée que chacun de nous détestait. Les cochons étaient énormes, velus, puants, et si voraces qu'il était imprudent de leur tourner le dos.

En dépit du mauvais accueil de Jack, j'étais heureux d'être de retour. Tandis que je traversais la cour, je regardai notre maison. Les rosiers grimpants de maman, qui couvraient tout un mur, se portaient bien, quoique exposés au nord. Pour l'instant, ils étaient encore en boutons, mais à la mi-juin ils seraient en pleine floraison. La porte de derrière était toujours coincée, depuis le jour où la foudre avait frappé la maison. Le battant avait pris feu. On l'avait remplacé, mais le chambranle était légèrement faussé, et il fallait pousser fort pour ouvrir.

La première chose qui me frappa, à mon entrée, fut le sourire de maman.

Elle était assise dans son vieux rocking-chair, dans le coin de la cuisine que le soleil couchant n'atteignait pas. Trop de lumière lui blessait les yeux. Maman préférait l'hiver à l'été, et la nuit au jour.

Elle fut heureuse de me voir, et je résolus de ne pas lui dire tout de suite que j'avais l'intention de rester. J'affichai une mine satisfaite qui ne la trompa nullement. Je ne pouvais jamais rien lui cacher.

– Qu'est-ce qui ne va pas ? demanda-t-elle.

Je haussai les épaules et tentai de sourire, déguisant sans doute encore moins bien que mon frère mes véritables sentiments.

– Parle ! m'ordonna-t-elle. Ça ne sert à rien de retenir les choses.

Je ne répondis pas tout de suite, cherchant les mots appropriés. Le balancement du rocking-chair se ralentit peu à peu jusqu'à s'arrêter tout à fait. C'était mauvais signe.

– J'ai fini mon mois d'essai, et M. Gregory m'a dit que c'était à moi de décider si je continuais ou non. Mais je me sens si seul, maman ! avouai-je avec un soupir. C'est pire que ce que je croyais. Je n'ai pas d'ami, personne de mon âge avec qui parler. J'aimerais mieux revenir travailler ici.

J'aurais pu en dire davantage, lui rappeler combien nous étions heureux, quand mes frères vivaient encore tous à la ferme. Je ne le fis pas. Je savais qu'elle regrettait ce temps-là, elle aussi. Je pensais que, pour cette raison, elle me comprendrait. J'avais tort.

Elle resta silencieuse un long moment, et j'entendis Ellie, dans la pièce à côté, chantonner à mi-voix tout en balayant.

– Tu te sens seul ? fit-elle enfin d'une voix sourde et chargée de colère. Comment peux-tu te sentir seul ? Tu as ta propre compagnie, non ? Si tu n'es plus satisfait de ta propre compagnie, alors tu seras vraiment seul. Cesse donc de te plaindre ! Tu es presque un homme, maintenant. Et un homme doit travailler. Depuis que le monde est monde, les hommes ont à s'acquitter de tâches qu'ils n'aiment pas. Pourquoi en irait-il autrement pour toi ? Tu es le septième fils d'un septième fils, et tu es né pour cette mission.

– M. Gregory a formé d'autres apprentis, protestai-je. L'un d'eux pourrait revenir et veiller sur le comté. Pourquoi moi ?

– Il en a eu beaucoup, mais peu ont achevé leur formation. Et ceux qui y sont parvenus sont loin d'être à la hauteur. Ils sont fragiles, veules ou lâches. Ils se font payer fort cher de bien maigres services. Il ne reste que toi, mon fils. Tu es notre dernière chance, notre dernier espoir. Il faut que quelqu'un le fasse. Il faut que quelqu'un se dresse contre les forces obscures. Tu es le seul qui en soit capable.

Le fauteuil se balança de nouveau, reprenant son rythme.

– Bien, conclut maman. Je suis contente de cette mise au point. Attendras-tu l'heure du souper, ou dois-je te servir quelque chose dès à présent ?

– Je n'ai rien mangé depuis hier, maman.

– J'ai préparé du lapin. Cela va te ragaillardir un peu.

Je m'assis à la table de la cuisine, plus abattu que jamais, tandis que maman s'activait au fourneau. Bientôt, la délicieuse odeur du civet me fit saliver. Personne ne cuisinait comme maman, et ça aurait valu la peine de rentrer à la maison, même si je n'avais dû y prendre qu'un seul repas.

Maman apporta une assiette fumante, qu'elle déposa devant moi en souriant.

– Je vais monter faire ton lit, me dit-elle. Puisque te voilà ici, autant que tu restes quelques jours !

Je grommelai un remerciement et me jetai sur la nourriture. À peine maman avait-elle disparu dans les escaliers qu'Ellie entra dans la cuisine.

– C'est bon de te revoir, Tom ! s'écria-t-elle.

Elle regarda ma large assiettée et proposa :

– Veux-tu un peu de pain, pour manger avec ?

– Oui, s'il te plaît !

Elle me beurra trois énormes tartines et s'assit en face de moi.

Je vidai mon assiette sans même reprendre ma respiration, ramassant la sauce jusqu'à la dernière goutte avec mon pain fraîchement sorti du four.

– Tu te sens mieux ?

Je hochai la tête et m'efforçai de sourire. Je ne dus pas être bien convaincant, car Ellie me regarda d'un air préoccupé :

– Je n'ai pu m'empêcher d'écouter ce que tu disais à ta mère. Je suis sûre que les choses ne vont pas si mal. Ce travail est nouveau pour toi, et assez étrange, mais tu y seras vite accoutumé. De toute façon, tu n'es pas obligé de repartir tout de suite. Après quelques jours passés à la maison, tu auras repris des forces. Et tu seras toujours le bienvenu, même quand la ferme appartiendra à Jack.

– Tu crois ? Jack ne m'a pas paru ravi de me voir.

– Qu'est-ce qui te fait dire ça ?

– Il ne s'est pas montré très accueillant. J'ai senti qu'il ne voulait pas de moi, ici.

– Allons ! Tu connais ton grand malappris de frère ! Je vais arranger ça comme de rien !

Cette fois, je souris vraiment ; elle avait raison. Comme disait maman, Ellie aurait pu entortiller Jack autour de son petit doigt. Caressant son gros ventre, elle reprit :

– Voilà surtout ce qui l'angoisse. La sœur de ma mère est morte en couches, et on en parle encore dans la famille. Ça le rend nerveux, mais moi, je suis tranquille. Je ne pourrais pas accoucher dans un meilleur endroit, avec ta maman pour prendre soin de moi.

Elle se tut, puis reprit :

– D'autre part, ton nouveau travail l'inquiète.

– Il avait pourtant l'air content lorsque je suis parti de la maison.

– Il s'est comporté ainsi pour t'encourager, parce que tu es son jeune frère et qu'il se soucie de toi. Les activités d'un épouvanteur ont quelque chose d'effrayant, et cela met les gens mal à l'aise. Je suppose que, si rien de spécial n'était arrivé après ton départ, tout irait bien. Seulement, Jack prétend que, depuis le jour où tu as quitté la ferme en passant par la colline, les chiens se comportent bizarrement.

Ils ne veulent même plus entrer dans les pâtures du nord. Jack pense que tu as réveillé quelque chose. Voilà le problème.

Ellie tapota doucement son ventre :

— Il est un peu trop protecteur, c'est tout. Il pense d'abord à sa femme et à son enfant. Allons, ne te fais pas de mauvais sang ! Tout s'arrangera, tu verras !

Je restai trois jours, essayant de faire bon visage ; finalement, je sentis qu'il valait mieux que je parte. Maman fut la dernière personne que je vis avant de m'en aller. Nous étions seuls dans la cuisine. Elle me serra dans ses bras en me disant qu'elle était fière de moi. Puis elle déclara en me regardant tendrement :

— Tu représentes bien plus que le septième d'un septième, Tom ! Tu es aussi mon fils, et tu as la force de faire ce qui doit être fait.

J'acquiesçai d'un hochement de tête pour qu'elle soit contente, mais le sourire que j'avais accroché à mon visage s'effaça dès que je fus dans la cour. Je repris la route en traînant les pieds, déçu que maman n'ait pas voulu me garder à la maison.

Il plut tout le long du chemin, jusqu'à mon arrivée à Chippenden. J'avais froid, j'étais mouillé et malheureux. À ma grande surprise, lorsque je me présentai devant la demeure de mon maître, le loquet se souleva et le portail s'ouvrit sans que je les aie touchés. C'était sans doute un signe de bienvenue, un encouragement à entrer, une faveur que j'avais crue jusque-là réservée à l'Épouvanteur. J'aurais dû m'en réjouir. Je n'en fus qu'effrayé.

Je frappai trois fois à la porte avant de remarquer que la clé était dans la serrure. Mes coups n'ayant fait venir personne, je la tournai et entrai.

Je visitai toutes les chambres du rez-de-chaussée. En bas des escaliers, j'appelai. Comme personne ne répondait, je me risquai dans la cuisine.

Le feu brûlait dans l'âtre, et le couvert était mis pour une seule personne. Au centre de la table fumait un plat de ragoût. J'avais tellement faim que je me servis et vidai mon assiette avant de remarquer un mot coincé sous la salière :

Suis à Pendle. Problème avec une sorcière, serai parti un certain temps. Fais comme chez toi, mais n'oublie pas les provisions de la semaine. Le sac est chez le boucher.

Pendle était une haute colline, presque une montagne, à l'est du comté. La région était infestée de sorcières, et il était dangereux de s'y rendre, surtout seul. Cela me rappela à quel point le métier d'épouvanteur pouvait être dangereux.

En même temps, j'étais désappointé. J'avais si longtemps attendu qu'il se passe quelque chose, et l'Épouvanteur profitait de mon absence pour s'en aller sans moi !

Toutefois, je dormis bien, cette nuit-là, et, au matin, je ne manquai pas la cloche du petit déjeuner.

Je fus accueilli à la cuisine par le meilleur plat d'œufs au bacon que j'eus mangé jusqu'alors dans cette maison. Cela me procura un tel plaisir qu'avant de me lever de table je lançai à haute voix la phrase que mon père avait coutume de prononcer chaque dimanche après le déjeuner :

– C'était excellent ! Mes compliments à la cuisinière !

À peine avais-je fini de parler que le feu flamba plus fort dans l'âtre, et qu'un chat se mit à ronronner. Je ne voyais pas le moindre matou, pourtant ce ronronnement était si sonore que les vitres de la fenêtre en tremblaient. Apparemment, j'avais dit les mots qu'il fallait.

Fort content de moi, je partis au village faire les courses de la semaine. Le soleil brillait dans un ciel sans nuages, les oiseaux chantaient. Après ces tristes jours de pluie, le monde entier me paraissait lumineux, comme repeint de neuf.

Je passai chez le boucher, y pris le sac de mon maître ; puis je me dirigeai vers l'épicerie et terminai par la boulangerie. Quelques garçons étaient là, appuyés au muret de pierres. Je n'avais pas revu la bande depuis le jour où ils m'avaient suivi. Cette fois, ils n'étaient pas aussi nombreux, et leur chef, le costaud à cou de taureau, n'était pas avec eux.

Me rappelant les paroles de l'Épouvanteur, je m'avançai à leur rencontre.

– Désolé pour l'autre jour ! dis-je. Je suis nouveau ici, et je ne connais pas bien les habitudes. M. Grégory m'a autorisé à vous donner une pomme et un gâteau à chacun.

Tout en parlant, j'ouvris mon sac et leur tendis leurs parts. Je crus que les yeux allaient leur sortir de la tête. Ils marmonnèrent un remerciement.

Je repartis. En haut du chemin, quelqu'un m'attendait. C'était la fille, Alice. Elle se tenait de nouveau dans l'ombre des arbres, comme si elle craignait le soleil. Je m'approchai d'elle :

– Si tu veux, je te donne une pomme et un gâteau.

Elle secoua la tête :

– Je n'ai pas faim. Mais tu peux me donner autre chose. J'ai besoin d'aide. C'est le moment de tenir ta promesse.

Une promesse est une promesse, et je me rappelais l'avoir faite. Je ne pouvais qu'honorer ma parole.

– Demande-moi ce que tu veux, déclarai-je. Je ferai de mon mieux.

Un large sourire éclaira son visage. Et ce sourire me fit oublier qu'elle était vêtue de noir et qu'elle portait des souliers pointus. Elle me dit alors des mots qui me plongèrent dans l'angoisse et me gâchèrent le reste de la journée :

– Pas tout de suite ! Viens me retrouver ce soir, après le coucher du soleil, quand tu entendras la cloche du vieux Gregory.

Lorsque la cloche sonna, je descendis jusqu'au cercle de saules, plein d'appréhension. Ce rendez-vous ne me disait rien qui vaille. Alice avait-elle un travail à demander à l'Épouvanteur ? J'en doutais. Si les derniers rayons du soleil baignaient encore le sommet des collines d'une lueur orangée, les ombres grises du crépuscule s'allongeaient sous les arbres.

Je frissonnai en voyant la fille, car elle tirait la corde d'une seule main et, pourtant, le lourd battant s'agitait follement. J'en conclus qu'elle était beaucoup plus forte que le laissaient penser son corps mince et ses bras frêles.

Dès que je me montrai, elle cessa de sonner. Elle me regardait avancer, une main sur la hanche, tandis que la branche continuait d'osciller au-dessus de sa tête. Nous nous fixâmes sans rien dire, jusqu'à ce que mes yeux tombent sur un panier posé à ses pieds, recouvert d'un tissu noir.

Elle prit le panier et me le tendit.

– Qu'est-ce que c'est ? demandai-je.

– De quoi tenir ta promesse.

Je le pris, plutôt mal à l'aise. Par curiosité, je voulus soulever le morceau de tissu.

– Non ! fit-elle sèchement. N'y touche pas ! L'air les abîmerait.

– Abîmerait quoi ?

Il faisait de plus en plus sombre, et je me sentais de plus en plus nerveux.

– Les gâteaux.

– Merci ! dis-je.

Un léger sourire releva les coins de sa bouche :

– Ce n'est pas pour toi. Ces gâteaux sont pour la vieille Mère Malkin.

Mère Malkin, la sorcière que l'Épouvanteur gardait, vivante, dans une fosse de son jardin ! Ma bouche se dessécha d'un coup, et un frisson me parcourut le dos.

– Je ne pense pas que M. Gregory serait d'accord, objectai-je. Il m'a bien recommandé de ne pas m'approcher d'elle.

– Le vieux Gregory est un homme cruel, affirma Alice. La pauvre Mère Malkin moisit au fond de ce trou humide depuis bientôt treize ans. Tu trouves ça juste, de traiter ainsi une vieille femme ?

Je haussai les épaules. Non, je ne trouvais pas ça juste ; mais mon maître avait sûrement une bonne raison d'agir ainsi.

– Ce sont ses gâteaux préférés, préparés par sa famille. Il n'y a pas de mal à lui apporter un petit réconfort, à rendre un peu de chaleur à ses os glacés ! Et tu n'as pas à t'inquiéter, le vieux Gregory n'en saura rien.

Je ne trouvai rien à répliquer. C'étaient des arguments valables.

– Il y a trois gâteaux. Tu les lui donneras un par un, trois nuits d'affilée. Le mieux, c'est de le faire à

minuit, l'heure où elle a toujours un petit creux.
Porte-lui le premier dès aujourd'hui.

Alice s'apprêta à partir. Puis, se ravisant, elle me
sourit.

– On pourrait devenir bons amis, toi et moi, fit-
elle en gloussant.

Puis elle disparut dans l'obscurité.

8
Mère Malkin

De retour à la maison de l'Épouvanteur, je commençai à me faire du souci. Mais plus je réfléchissais, moins j'avais les idées claires. Je savais quelle aurait été la réaction de mon maître : il aurait envoyé promener les gâteaux et m'aurait longuement sermonné à propos du danger que représentent les sorcières et les filles qui portent des souliers pointus. Seulement, il n'était pas là.

Deux raisons me poussaient à affronter l'obscurité du jardin est. D'abord, j'avais promis. Je n'avais donc pas le choix.

« Ne fais jamais une promesse que tu ne sois pas sûr de pouvoir tenir », me disait toujours papa.

C'était la morale qu'il m'avait inculquée, et que je sois l'apprenti de l'Épouvanteur n'y changeait rien. Ensuite, je ne supportais pas l'idée qu'une vieille femme vive au fond d'un trou dans la terre. Enterrer ainsi une sorcière morte me paraissait raisonnable ; une vivante, non. Elle avait dû commettre un bien terrible crime pour mériter un sort pareil. Mais quel mal y avait-il à lui donner trois malheureux gâteaux si cela pouvait l'aider à résister au froid et à l'humidité ? L'Épouvanteur m'avait encouragé à suivre mon cœur, et, après avoir pesé le pour et le contre, je conclus que je prenais la bonne décision.

Le seul problème était que je devais porter les gâteaux moi-même, à minuit. Il fait très noir, à cette heure, particulièrement par les nuits sans lune...

Le panier à la main, je me dirigeai vers le jardin est. Il n'était pas aussi sombre que je m'y attendais. D'une part, mes yeux y voient plutôt bien dans l'obscurité, je tiens cela de ma mère. D'autre part, il n'y avait pas un nuage, et la lune éclairait mon chemin.

Il faisait froid, sous les arbres, et je frissonnai. Lorsque j'arrivai en vue de la première fosse, celle qui était maintenue fermée par treize barres de fer, le froid se fit plus intense. C'était la tombe d'une sorcière morte, et pas des plus puissantes, d'après l'Épouvanteur ; je n'avais aucune raison d'avoir peur. Je tâchai du moins de m'en persuader.

À la lumière du jour, je m'étais senti capable de tenir ma promesse. À cette heure, alors qu'approchait minuit, je n'étais plus si sûr de moi. Mon maître m'avait recommandé de ne pas m'aventurer dans ce jardin après le crépuscule. Il avait insisté là-dessus à plusieurs reprises ; je transgressais donc une règle importante.

J'entendais des froissements, des craquements... Ce n'était rien, de petites bêtes s'enfuyant à mon passage ! Mais ces bruits légers me rappelaient que je n'avais pas le droit d'être là. D'après l'Épouvanteur, les deux autres sorcières étaient à une vingtaine de pas plus loin. J'avançai en comptant soigneusement, ce qui me mena à une deuxième tombe, semblable à la première, celle de la sorcière morte, mais toujours dangereuse, enterrée la tête en bas. La plante de ses pieds devait se trouver juste sous la terre que j'apercevais, entre les barres de fer, nue, tassée, sans le moindre brin d'herbe.

Tandis que je fixais la fosse, il me sembla voir quelque chose remuer. Ce n'était sans doute qu'un effet de mon imagination, ou alors une bestiole, souris ou musaraigne. Je m'écartai vivement : et si c'était un orteil... ?

Trois pas de plus me conduisirent à l'endroit que je cherchais, cela ne faisait aucun doute. La fosse bordée de pierres était également fermée par treize barres de fer. Trois choses la différenciaient cependant des autres : elle était carrée, beaucoup plus grande, et, sous les barreaux, on ne voyait pas de terre, mais un trou noir et profond.

Je m'arrêtai et tendis l'oreille : l'Épouvanteur m'avait dit qu'on entendait la prisonnière chuchoter sans cesse. Je ne perçus que l'agitation assourdie des animaux nocturnes et le souffle du vent. Le souffle du vent... Je ne l'avais pas remarqué, jusqu'alors. Je n'en pris conscience que lorsqu'il se tut. Soudain, un silence surnaturel tomba sur le bois.

Je m'étais immobilisé pour écouter les chuchotements de la sorcière, et j'avais maintenant l'impression que c'était elle qui m'écoutait. Le silence s'étira, comme s'il devait durer toute l'éternité. Puis un faible bruit de respiration me parvint, montant du puits.

Bizarrement, cela me rendit l'usage de mes jambes. J'approchai de la fosse, le bout de ma botte touchant la bordure de pierres.

Je me rappelai alors la mise en garde de l'Épouvanteur à propos de la Mère Malkin : « Elle est dans ce puits depuis fort longtemps, et une partie de ses pouvoirs se sont dissous dans la terre. Mais elle serait enchantée de mettre la main sur un gamin dans ton genre. »

Je reculai d'un pas. Et si une main sortait tout à coup du trou pour agripper ma cheville ?

Pressé d'en finir, j'appelai à voix basse :

– Mère Malkin ? Je vous apporte quelque chose de la part de votre famille. Vous êtes là ? Vous m'entendez ?

Il n'y eut pas de réponse, mais la respiration sembla s'accélérer. Aussi, sans perdre plus de temps, impatient de me retrouver au chaud et en sécurité dans la maison de l'Épouvanteur, je plongeai la main dans le panier et farfouillai sous le tissu. Mes doigts se refermèrent sur l'un des gâteaux. Il était mou, un peu collant. Je le tendis au-dessus du trou.

– Ce n'est qu'un gâteau, dis-je. J'espère que cela vous fera du bien. Je vous en apporterai un autre la nuit prochaine.

Et je le laissai tomber dans le noir.

J'aurais dû repartir aussitôt. Au lieu de ça, je m'attardai quelques secondes pour écouter. Je ne sais pas trop à quoi je m'attendais ; en tout cas, ce fut une erreur.

Quelque chose remua au fond du trou, comme si on se traînait par terre. Puis j'entendis la vieille Mère Malkin manger.

J'avais toujours cru que mes frères étaient les seuls à faire de vilains bruits en mastiquant. Or, le plus gros de nos cochons fouaillant du groin dans son auge en aspirant et reniflant n'aurait pas produit de son plus répugnant ! Je ne sus en conclure si le gâteau plaisait à la sorcière ou non...

De retour dans ma chambre, j'eus beaucoup de mal à m'endormir. Je ne cessai de penser à ce puits noir, et je redoutais déjà d'avoir à y retourner la nuit suivante.

Le lendemain matin, je fus à l'heure à la cuisine, et y trouvai du bacon brûlé ainsi qu'un morceau de pain rassis. C'était à n'y rien comprendre : j'avais rapporté du pain frais la veille. De plus, le lait avait tourné. Le gobelin était-il en colère contre moi ? Me reprochait-il mon escapade nocturne ? Était-ce une sorte de mise en garde ?

L'Épouvanteur ne m'avait laissé aucune consigne. Accoutumé à travailler du matin au soir, je ne savais comment occuper mon temps. Je montai à la bibliothèque, pensant que mon maître ne verrait pas d'inconvénient à ce que j'y cherche quelque lecture intéressante. Je fus déçu de constater que la porte était verrouillée.

J'optai donc pour une promenade. Je décidai de grimper sur la colline de Parlick. Arrivé au sommet, je m'assis sur un tumulus pour admirer la vue.

C'était une belle journée, le ciel était dégagé ; je voyais tout le comté à mes pieds, et le bleu de la mer étincelant à l'horizon, vers l'ouest. Les collines se succédaient sans fin. Il aurait fallu une vie entière pour les explorer toutes.

Non loin de là se dressait la colline du Loup, et je me demandai une fois de plus s'il y avait encore des loups dans le pays. Par les hivers rigoureux, disait-on, ils chassaient en meute. On était au printemps ; cela ne signifiait pas pour autant qu'il n'y en avait plus dans les parages, et se trouver seul dans les collines après la nuit tombée devait être assez effrayant. Pas aussi effrayant, toutefois, que de devoir apporter un autre gâteau à Mère Malkin...

Le soleil descendait déjà, bien trop vite à mon goût. Je dus retourner à la maison.

Quelques heures plus tard, mon panier à la main, j'affrontai de nouveau l'obscurité du jardin. Je décidai que, cette fois, ma tâche accomplie, je ficherais le camp aussitôt. Je me hâtai vers la fosse pour y jeter le deuxième gâteau.

À la seconde même où je le lâchais – trop tard pour le rattraper – je sentis mon sang se glacer : les barreaux de fer condamnant le puits avaient été tordus.

La nuit précédente, les treize barres étaient parfaitement droites et parallèles. Celles du milieu étaient maintenant presque assez écartées pour laisser passer une tête.

Elles avaient pu être forcées de l'extérieur ; toutefois j'en doutais. L'Épouvanteur m'avait appris que la maison et le jardin étaient gardés, et que personne ne pouvait y pénétrer. Il n'avait pas précisé l'identité du gardien, mais c'était sûrement un gobelin, peut-être même celui qui nous préparait nos repas.

Donc, c'était l'œuvre de la sorcière ! Elle avait dû réussir à grimper le long des parois. La vérité se fit alors jour dans mon esprit : cette nourriture lui rendait sa force. Quel idiot j'avais été ! Je l'entendais bâfrer, en bas, dans le noir, avec les mêmes bruits répugnants que la veille. Je m'enfuis du bois en courant. Pour ce que j'en devinais, elle n'aurait même pas besoin d'un troisième gâteau...

Après une nuit sans sommeil, ma décision fut prise : j'irais voir Alice, je lui rendrais le dernier gâteau et lui expliquerais que je ne pouvais tenir ma promesse.

En premier lieu, il me fallait la trouver. Sitôt le petit déjeuner avalé, je pris le chemin du bois, jusqu'à l'endroit où je l'avais rencontrée. Elle m'avait dit vivre « par là », pourtant je ne vis aucune trace d'habitation, rien qu'un paysage boisé et vallonné.

Pensant qu'il serait plus simple de demander, je descendis au village. Curieusement, il y avait fort peu de gens dans les rues ; seuls quelques garçons traînassaient du côté de la boulangerie, leur lieu de rendez-vous favori. Sans doute aimaient-ils autant que moi l'odeur du pain. L'arôme d'une miche sortant du four est l'un des meilleurs au monde !

Pour des types à qui, lors de notre dernière rencontre, j'avais fait cadeau d'une pomme et d'un gâteau, ils ne se montrèrent guère accueillants. Je devais probablement cette attitude à la présence, cette fois, de leur chef aux petits yeux porcins. Toutefois, ils m'écoutèrent. Sans entrer dans les détails, je leur dis simplement que je désirais contacter la fille du bois.

– Je sais où tu peux la trouver, grogna le costaud en me jetant un regard farouche. Mais tu serais bien bête d'y aller.

– Pourquoi cela ?

– Tu n'as donc pas entendu ce qu'elle a dit ? fit-il en levant les sourcils. Elle est la nièce de Lizzie l'Osseuse.

– Qui est Lizzie l'Osseuse ?

Ils échangèrent des regards consternés, secouant la tête comme si j'avais posé une question débile. Que savaient-ils, tous, que j'ignorais ?

Mon interlocuteur reprit :

– Lizzie et sa grand-mère ont passé un hiver ici, avant que Gregory se charge d'elles. C'étaient les plus affreuses sorcières qui aient jamais sévi dans le coin. Elles vivaient avec un compagnon encore plus affreux qu'elles, une créature ressemblant à un homme, en beaucoup plus grand, avec tellement de dents qu'elles débordaient de sa bouche. C'est ce que mon père m'a raconté. Et, pendant ce long hiver, plus personne n'osait sortir à la nuit tombée. Tu fais un drôle d'épouvanteur, si tu n'as jamais entendu parler de Lizzie l'Osseuse !

Je n'aimais pas du tout cela. Je compris à quel point j'avais été stupide. Si seulement j'avais rapporté à mon maître ma conversation avec Alice ! Il en aurait déduit que cette Lizzie était de retour, et il aurait agi en conséquence.

D'après le père du chef de bande, Lizzie l'Osseuse avait habité à environ trois milles à l'est, dans une ferme abandonnée depuis des années. C'était donc sûrement là qu'elle s'était installée de nouveau. L'information me parut plausible, car c'était bien la direction qu'Alice avait désignée.

À cet instant, un petit groupe de villageois aux visages tendus sortit de l'église. Ils se dirigèrent en file vers la colline, le prêtre ouvrant la marche. Ils portaient des vêtements chauds, et certains étaient munis de bâtons.

– Que se passe-t-il ? demandai-je.

L'un des garçons cracha sur les pavés et m'informa :

– Un enfant a disparu, hier soir. Un gamin de trois ans. Ils pensent qu'il s'est égaré par là. Et ce n'est pas le premier, je te signale. Il y a deux jours, un bébé trop petit pour marcher a été enlevé dans une ferme du côté de Long Ridge. Ils disent que c'est peut-être les loups. On a eu un rude hiver, ça les ramène, parfois.

Leurs indications se révélèrent exactes. Le temps de retourner chercher le panier d'Alice, il me fallut près d'une heure pour arriver en vue de la ferme de Lizzie.

Je m'arrêtai un instant au soleil et soulevai le tissu pour jeter un coup d'œil sur le dernier gâteau. Son odeur était atroce, et son aspect pire encore. Ça évoquait un hachis de pain et de viande, mêlé à d'autres ingrédients impossibles à identifier. C'était humide, gluant, presque noir. Et ce n'était pas cuit, seulement aggloméré. De minuscules choses blanches se tortillaient dessus. Des asticots !

Je rabattis le tissu avec un frisson de dégoût et descendis le sentier menant au bâtiment délabré. Les clôtures étaient brisées, le toit de la grange s'était à moitié écroulé, et on n'apercevait pas le moindre animal.

De la fumée montait pourtant de la cheminée. Il y avait quelqu'un à la maison. Je repensai soudain à la créature munie de trop de dents.

Comment me débrouiller pour parler à la fille sans être repéré par les autres membres de la famille ? Ça n'allait pas être facile !

Tandis que je faisais halte à mi-pente, hésitant sur le parti à prendre, mon problème se résolut de lui-même. Une mince silhouette noire sortit de la ferme et marcha vers moi. C'était Alice. Comment avait-elle su que j'étais là ? Des arbres me dissimulaient, et les fenêtres de la maison ne donnaient pas de ce côté.

Pourtant, elle n'avait pas pris ce chemin par hasard, car elle se dirigeait droit sur moi.

Elle s'arrêta à quelques pas.

– Qu'est-ce que tu veux ? siffla-t-elle. Tu es complètement fou d'être venu. Tu as de la chance que les autres dorment !

– Je ne peux pas continuer à faire ce que tu m'as demandé, dis-je en lui tendant son panier.

Elle croisa les bras et fronça les sourcils :

– Pourquoi cela ? Tu as promis, non ?

– Tu ne m'as pas averti des conséquences. Elle a déjà mangé deux gâteaux, et ça lui a rendu ses forces. Elle a commencé à tordre les barreaux de la fosse. Un gâteau de plus, et elle sera libre. Et tu le sais. C'était ça que tu voulais, hein ? l'accusai-je, sentant monter la colère. Tu m'as trompé, je suis donc délié de ma promesse.

Elle avança d'un pas, et je vis que sa propre colère faisait soudain place à un autre sentiment : Alice avait peur.

– Je ne voulais pas. Ils m'ont obligée, dit-elle en désignant la ferme, derrière elle. Si tu ne fais pas jusqu'au bout ce que tu as promis, ça ira mal pour nous deux. Je t'en prie, va ! Donne-lui le troisième gâteau ! Quel mal y a-t-il à ça ? Mère Malkin a payé. Il est temps de la laisser sortir. Donne-lui ce gâteau !

Elle sera partie dès cette nuit, et ne te causera plus le moindre souci.

— M. Gregory avait sûrement une bonne raison de l'emprisonner au fond de ce trou, dis-je lentement. Je ne suis que son apprenti, ce n'est pas à moi de décider. Quand il reviendra, je lui raconterai tout.

Alice eut un petit sourire, le sourire de quelqu'un qui en sait plus long que vous.

— Il ne reviendra pas, dit-elle. Lizzie a tout prévu. Elle a de bons amis du côté de Pendle, Lizzie. Tout ce qu'elle voudra, ils le feront. Ils ont tendu un piège au vieux Gregory. Il a dû être étonné par l'accueil qu'on lui réservait. Il est probablement déjà mort et enterré, à l'heure qu'il est. Attends un peu, et tu verras que j'ai raison. Bientôt, tu ne seras plus en sécurité nulle part, pas même dans sa maison. Une nuit ou l'autre, ils viendront te prendre. Sauf, bien sûr, si tu nous aides. En ce cas, ils te laisseront tranquille.

À peine avait-elle fini de parler que je tournai les talons, la laissant sur place. Je crois bien qu'elle m'appela plusieurs fois, mais je ne l'écoutai pas, tourmenté par ce qu'elle avait dit à propos de mon maître.

Soudain je m'aperçus que je portais toujours le panier contenant le dernier gâteau. Je jetai le tout dans la rivière.

De retour à la maison, je n'eus pas besoin de réfléchir longtemps pour évaluer la gravité de la situation et prendre une décision.

Tout avait été manigancé depuis le début ! Ils avaient attiré l'Épouvanteur loin d'ici, sachant que, nouvel apprenti sans la moindre expérience, je serais facile à berner. En revanche, mon maître, lui, ne se laisserait pas avoir si aisément ; sinon, il n'aurait pas survécu tant d'années. Je ne pouvais cependant pas me permettre d'attendre son retour. D'une manière ou d'une autre, il me fallait empêcher Mère Malkin de sortir du puits.

Je me sentais si cruellement démuni que j'envisageai de chercher du secours au village. Puis je me souvins que j'avais une sorte d'aide très particulière à portée de main. J'allai donc à la cuisine et m'assis devant la table.

Craignant de me faire boxer les oreilles dès la première seconde, je pris aussitôt la parole. Je relatai tout ce qui était arrivé, sans rien omettre. Je reconnus que c'était ma faute et demandai – suppliai – qu'on vienne à ma rescousse.

Je ne sais pas très bien ce que j'attendais. Je ne me trouvais même pas idiot de parler ainsi à une pièce vide, tant j'étais tourneboulé. Mais, le silence s'éternisant, je compris peu à peu que je perdais mon temps. Pourquoi le gobelin m'aurait-il aidé ?

Autant que je sache, il était prisonnier, attaché à la maison et au jardin par l'Épouvanteur comme un esclave, sans espoir de jamais retrouver sa liberté. Me voir dans une telle angoisse le réjouissait peut-être.

Au moment où j'allais abandonner et quitter la cuisine, je me rappelai une chose que papa disait souvent avant de partir avec moi au marché local : « Chacun est prêt à mettre son prix. À toi de faire une offre qui plaise à l'acheteur sans trop nuire à ton intérêt. »

Aussi fis-je une offre au gobelin :

– Si tu m'aides, je ne l'oublierai pas. Quand je deviendrai le nouvel Épouvanteur, je te laisserai libre chaque dimanche. Ce jour-là, je préparerai moi-même mes repas, et tu pourras te reposer et faire ce qui te plaira.

Quelque chose frôla alors mes jambes. J'entendis un doux ronronnement, et vis un gros chat roux se diriger lentement vers la porte.

Je le suivis dans l'entrée, puis en haut des escaliers. Il s'arrêta devant la porte verrouillée de la bibliothèque. Il se frotta contre le bois, comme font les chats. La porte pivota lentement, révélant plus de livres qu'on pourrait en lire en une vie, soigneusement alignés sur des étagères. J'entrai, me demandant par où commencer. Quand je me retournai, le chat roux avait disparu.

Le titre de chaque livre était écrit sur le dos. Beaucoup étaient en latin, quelques-uns en grec. Il n'y avait pas un grain de poussière, pas une toile d'araignée. La bibliothèque était aussi propre et bien tenue que la cuisine.

Je marchai le long de la première rangée de livres jusqu'à ce que quelque chose attire mon regard. Près de la fenêtre, il y avait trois longues étagères chargées de calepins recouverts de cuir, semblables à celui que l'Épouvanteur m'avait donné. Celle du haut contenait des volumes plus gros, portant des dates. Chacun couvrait une période de cinq ans. Je pris donc le dernier et l'ouvrit avec précaution.

Je reconnus l'écriture de l'Épouvanteur. Feuilletant le cahier, je compris qu'il s'agissait d'une sorte de journal. Chaque travail exécuté y était noté, ainsi que la durée des voyages et le montant des honoraires. Et, surtout, on y trouvait expliqué la façon dont chaque gobelin, chaque fantôme, chaque sorcière avait été éradiqué.

Je replaçai le calepin sur l'étagère et examinai les autres. Certains journaux, probablement rédigés par des épouvanteurs des siècles passés, remontaient à des centaines d'années. À supposer qu'Alice ait eu raison et que M. Gregory ne revienne pas, l'étude de ces annales me suffirait-elle pour apprendre tout ce que j'avais besoin de savoir ? En tout cas, il y avait sans doute, parmi ces milliers de pages, une information qui m'aiderait dès maintenant. Comment la dénicher ?

La sorcière était au fond de son trou depuis presque treize ans. Il devait donc y avoir quelque part un compte rendu relatant comment l'Épouvanteur l'y avait enfermée. Je parcourus les rayonnages des yeux ; et, sur une étagère basse, je fis une découverte intéressante.

Les volumes rangés là étaient très épais, et consacrés chacun à un sujet particulier. Comme ils étaient classés par ordre alphabétique, je trouvai facilement celui que je cherchais : *Sorcières*.

Je l'ouvris d'une main tremblante et ne fus pas surpris de constater qu'il était divisé en quatre sections : *les pernicieuses, les bénévolentes, les faussement accusées, les inconscientes.*

Je feuilletai la première partie. Tout était noté de la belle écriture de l'Épouvanteur, et également organisé par ordre alphabétique. Je tombai très vite sur le chapitre intitulé *Mère Malkin*.

C'était pire que ce que j'avais craint. Dans tous les endroits où Mère Malkin était passée, des choses épouvantables s'étaient produites. La plus horrible était survenue dans l'ouest du comté.

À cette époque, la sorcière habitait une ferme, y hébergeant des jeunes femmes sur le point d'accoucher, qui n'avaient pas de mari. C'est là que lui fut donné ce titre de « Mère ». Cela avait duré des années, sans qu'on ait jamais revu les accouchées.

Elle avait un fils qui vivait avec elle, un garçon d'une force incroyable appelé Tusk[1]. Il avait des pieds énormes, et les gens avaient si peur de lui que personne n'approchait de leur repaire. Finalement, la population locale avait réagi. Une troupe d'hommes décidés et armés avaient attaqué la ferme, forçant Mère Malkin à se réfugier à Pendle. Après son départ, on avait découvert la première tombe. Elle était pleine d'ossements et de chairs en décomposition. C'étaient les restes des enfants qu'elle avait massacrés pour étancher sa soif de sang, et ceux de nombreuses jeunes femmes. Leurs corps avait été broyés, leurs côtes brisées ou écrasées. On avait alors commencé à parler d'une créature « avec tellement de dents qu'elles débordaient de sa bouche ». S'agissait-il de Tusk, le fils de Mère Malkin ? Celui qui avait probablement dévoré ces malheureuses ?

Mes mains se mirent à trembler si fort que je pouvais à peine continuer à lire. J'appris ensuite que certaines sorcières utilisaient la magie des ossements, et que d'autres tiraient leur pouvoir de l'invocation des morts. Mais Mère Malkin était la plus

---

1. En anglais : *défense* (NDT).

redoutable : elle se servait de la magie du sang. Elle puisait ses forces dans le sang humain, et se montrait particulièrement avide du sang des enfants. Je revis les gâteaux noirs et gluants, et je frémis. Un bébé de Long Ridge avait disparu. Avait-il été enlevé par Lizzie l'Osseuse ? Son sang avait-il servi à préparer ces affreuses pâtisseries ?

Et l'autre enfant, celui que les villageois recherchaient ? Lizzie l'Osseuse l'avait-elle capturé, lui aussi, en prévision du jour où Mère Malkin s'échapperait de la fosse et aurait besoin de sang frais pour raviver ses pouvoirs ? Ce gamin était peut-être enfermé dans la maison de Lizzie, à présent !

Je me forçai à lire encore.

Treize ans plus tôt, au début de l'hiver, Mère Malkin était venue vivre à Chippenden, amenant avec elle sa petite-fille, Lizzie l'Osseuse. De retour de sa maison d'hiver d'Anglezarke, l'Épouvanteur s'était aussitôt occupé d'elle. Après avoir chassé Lizzie l'Osseuse, il avait entravé Mère Malkin avec une chaîne d'argent et l'avait emprisonnée dans le puits, au fond de son jardin.

L'Épouvanteur semblait débattre avec lui-même, dans ce compte rendu. Il répugnait visiblement à l'enterrer vivante, et expliquait pourquoi il devait agir ainsi : il estimait trop dangereux de la tuer, car, une fois morte, elle serait capable de revenir, plus puissante et plus dangereuse que jamais.

La question que je me posais était donc : et si elle s'échappait ? Un seul gâteau lui avait donné la force de tordre les barres. Elle n'avait pas besoin de manger le troisième ; deux lui suffiraient sûrement. À minuit, elle sortirait de la fosse. Que faire ? Si une chaîne d'argent servait à lier une sorcière, je pouvais essayer d'en entrelacer une entre les barreaux pour l'empêcher de s'évader. Seulement, la chaîne de l'Épouvanteur était dans le sac qu'il emportait toujours en voyage...

En sortant de la bibliothèque, j'aperçus un papier jaune accroché à côté de la porte, que je n'avais pas remarqué en entrant. Je reconnus l'écriture de mon maître. C'était une longue liste de noms. Le mien, *Thomas J. Ward*, était tout en bas. Juste au-dessus, je lus celui de *William Bradley*, barré par une ligne horizontale. À côté était tracées les lettres REP.

Je me sentis glacé, car je savais ce que cela signifiait : *Repose en Paix*. Billy Bradley était mort. Plus des deux tiers des noms de cette liste étaient ainsi barrés. Parmi eux, ceux de neuf autres anciens apprentis qui n'étaient plus de ce monde.

Je supposai que les autres étaient rayés parce qu'ils avaient échoué dans leur formation, n'ayant pas été plus loin que le premier mois d'apprentissage. Les morts m'inquiétaient davantage. Je me demandai quel avait été le sort de Billy Bradley, et je me souvins qu'Alice avait dit :

« Tu ne veux pas finir comme le dernier apprenti du vieux Gregory ? »

Comment savait-elle ce qui était arrivé à Billy ? Mais peut-être tout le monde était-il au courant, dans le pays. Étais-je le seul à l'ignorer ? À moins que la famille d'Alice y soit pour quelque chose ? J'espérais que non ; toutefois, cette idée me fournit un autre sujet d'inquiétude.

Sans perdre plus de temps, je descendis au village. Le boucher semblait avoir d'assez bonnes relations avec l'Épouvanteur, qui lui confiait souvent son sac à provisions. Je décidai de lui faire part de mes soupçons, et de le persuader de chercher l'enfant disparu dans la maison de Lizzie.

L'après-midi était bien avancé quand je m'arrêtai devant la boutique.

Elle était fermée. Je frappai à la porte de cinq maisons avant que l'une d'elles consente à s'ouvrir.

On m'apprit que le boucher était parti dans les collines avec les autres hommes. Ils ne seraient pas de retour avant le lendemain midi. Après avoir fouillé les monts environnants, ils traverseraient la vallée jusqu'à Long Ridge, où le premier enfant avait disparu. Puis ils élargiraient leur zone de recherches, et la battue leur prendrait toute la nuit.

Il me fallait regarder les choses en face : je devrais agir seul.

Découragé autant qu'effrayé, je remontai le chemin menant à la maison de l'Épouvanteur. Je savais que, si Mère Malkin sortait de la fosse, l'enfant serait mort avant le matin. Si quelqu'un pouvait encore le sauver, c'était moi.

9
Au bord de la rivière

De retour à la maison, j'entrai dans la pièce où l'Épouvanteur rangeait ses vêtements de voyage. Je choisis une de ses vieilles capes. Elle était trop grande pour moi, évidemment. L'ourlet me battait les chevilles et le capuchon me tombait sur les yeux. Cependant, elle me protégerait du froid. J'empruntai également un de ses bâtons de marche, le plus court, qui était bombé à une extrémité.

Lorsque je franchis la porte, il était presque minuit. Le ciel était clair, une grosse lune ronde montait au-dessus des arbres, même si le vent frais qui soufflait de l'ouest apportait une odeur de pluie.

Je marchai droit vers la fosse de Mère Malkin. J'avais peur, mais il fallait que quelqu'un le fasse, et qui d'autre que moi l'aurait pu ? D'autant que j'étais responsable de tout. Si seulement j'avais parlé à l'Épouvanteur de ma rencontre avec Alice ! Si seulement je lui avais répété ses paroles concernant le retour de Lizzie ! Il aurait réglé cette affaire. Il ne se serait pas laissé piéger à Pendle.

Plus j'y pensais, plus j'en étais malade. Le bébé de Long Ridge était sans doute mort. Je me sentais affreusement coupable, et je ne pouvais supporter l'idée qu'un autre enfant périsse par ma faute.

Je dépassai la tombe de la sorcière enterrée la tête en bas et marchai sur la pointe des pieds jusqu'à la fosse de Mère Malkin.

Un rayon de lune passant entre les branches tombait juste dessus, et aucun doute n'était permis : j'arrivais trop tard.

Les barreaux avaient été tordus en arc de cercle. Le boucher lui-même aurait pu introduire ses larges épaules par l'ouverture. Je scrutai les profondeurs du puits. J'avais encore le mince espoir que, l'effort ayant épuisé la sorcière, elle était retombée au fond, sans forces pour se hisser au-dehors. Je rêvais ! La fosse était vide...

À cet instant, un nuage cacha la lune, et le bois s'assombrit. Heureusement, les fougères aplaties m'avaient montré la direction prise par la fugitive. J'y voyais encore assez pour m'engager sur ses traces.

J'avançais lentement, avec mille précautions. Elle avait fort bien pu se cacher et me guetter au tournant. Elle ne devait pas être loin : minuit avait sonné depuis cinq minutes à peine. Quoi que ces gâteaux aient contenu, ils n'avaient pas suffi à lui rendre toute sa vigueur ; et elle n'en avait mangé que deux, ce qui était en ma faveur. Elle avait cependant fait preuve d'une énergie phénoménale pour tordre ainsi ces épaisses barres de fer ! À l'évidence, la magie noire jouait un rôle là-dedans, le genre de magie qui déploie sa pleine puissance pendant les heures nocturnes, particulièrement autour de minuit.

Une fois hors du bois, il me fut facile de suivre ses empreintes dans l'herbe. Elles descendaient la colline, mais dans la direction opposée à la maison de Lizzie. Cela me troubla d'abord ; puis je me souvins que la rivière, un peu plus bas, formait une large boucle. Une *pernicieuse* ne pouvait traverser l'eau courante, l'Épouvanteur m'avait appris cela. Elle devrait donc contourner ce méandre avant d'obliquer vers la ferme.

Arrivé en vue de la rivière, je m'arrêtai à mi-pente et observai les environs. La lune sortit de derrière le nuage, mais, même à sa lumière, je ne distinguai pas grand-chose, car les rives étaient bordées d'arbres qui projetaient des ombres denses.

Soudain, je notai une chose fort étrange : une traînée argentée le long de la berge. Elle scintillait chaque fois qu'un rayon de lune la touchait, et ressemblait alors à la trace luisante laissée par un escargot. Quelques secondes plus tard, une ombre bossue m'apparut, qui semblait se traîner au bord de l'eau.

Je dévalai la pente aussi vite que je le pus, dans l'intention de lui couper la route avant qu'elle atteigne le coude de la rivière. J'y réussis, et me tins là pour l'attendre. Le plus dur restait à faire : affronter la sorcière.

Je tremblais, je haletais, aussi essoufflé que si j'avais couru durant une heure dans les collines. Un mélange de peur et d'énervement m'amollissait les genoux, et je me serais écroulé sans le bâton de l'Épouvanteur.

À cet endroit, la rivière n'était pas très large, mais elle était profonde, gonflée par les pluies du printemps au point de déborder. Le courant était violent ; à ma droite, les flots bondissaient furieusement. Je scrutai la masse obscure des arbres d'où allait surgir la sorcière. Il me fallut quelques instants pour la repérer.

Mère Malkin marchait vers moi, ombre mouvante, plus noire que l'ombre des aulnes, de cette noirceur capable de vous absorber si vous avez le malheur de tomber dedans. Le rugissement de la rivière couvrait le glissement de ses pieds nus dans l'herbe de la berge. Pourtant, je l'entendis avant de la voir, à cause des mêmes bruits de mâchoires et de déglutition qu'elle avait produits en avalant son gâteau ; et j'eus de nouveau en mémoire l'image de nos cochons dévorant leur pâtée. Puis je perçus un son différent, une sorte d'aspiration.

Quand elle surgit d'entre les arbres, sous la lumière de la lune, je la découvris pour la première fois. Elle avançait tête baissée, le visage dissimulé sous un enchevêtrement de cheveux gris, comme si elle regardait ses pieds, à peine visibles sous la robe brune qui lui tombait jusqu'aux chevilles. Elle portait par-dessus un manteau noir trop long ; à croire que les années passées au fond de son trou l'avaient rapetissée. C'était ce tissu traînant derrière elle qui laissait dans l'herbe une trace argentée.

Sa robe était maculée et déchirée, ce qui n'était guère surprenant. Mais j'y remarquai des taches fraîches, sombres, encore humides. Quelque chose gouttait dans l'herbe, tombant de ce qu'elle tenait serré dans sa main gauche.

C'était un rat. Elle mangeait un rat. Tout cru.

Elle ne semblait pas s'être aperçue de ma présence. Elle était tout près, maintenant ; si rien ne l'arrêtait, elle ne tarderait pas à me heurter. Soudain, je toussai. Ce n'était qu'un réflexe nerveux, je n'avais pas eu l'intention de l'avertir.

Elle leva la tête, offrant à la clarté lunaire une face de cauchemar, un visage qui ne pouvait être celui d'un être vivant. Or, vivante, elle l'était ! Impossible d'en douter, vu le bruit qu'elle faisait en dévorant son rat !

Mais il y avait quelque chose d'autre, qui me causa une telle terreur que je manquai de m'évanouir : ses yeux ! Ses yeux étaient deux charbons ardents, rougeoyant au fond de leurs orbites.

Alors, elle me parla, d'une voix tout en craquements et en chuintements, évoquant des feuilles sèches malmenées par le vent d'automne.

– Voilà un garçon, fit-elle. J'aime les garçons. Approche, mon garçon !

Je ne bougeai pas, évidemment. J'étais figé sur place, la tête vide.

Elle avança encore un peu, et ses yeux s'agrandirent. Tout son corps sembla enfler ; elle devenait un amas de ténèbres qui, dans un instant, enténébrerait mes propres yeux pour toujours.

Sans réfléchir, je brandis le bâton de l'Épouvanteur. Plus exactement, ma main le brandit, pas moi.

– Que tiens-tu là, mon garçon ? coassa-t-elle. Une baguette magique ?

Avec un ricanement mauvais, elle lâcha le rat mort et tendit ses deux bras vers moi.

C'était moi qu'elle voulait ; elle voulait mon sang. Je sentis mon corps frémir d'effroi comme un arbuste dans les premières rafales d'un noir hiver qui n'aurait pas de fin.

J'allais mourir là, sur la berge de la rivière ! Il n'y avait personne pour me porter secours, et j'étais bien incapable de me secourir moi-même.

Soudain, il se produisit une chose étrange...

Le bâton de l'Épouvanteur n'était pas une baguette magique, mais il existe bien des sortes de magie. Mes deux mains se refermèrent dessus. Mes bras se mirent à dessiner dans l'air, plus vite que ma pensée, je ne sais quel geste de conjuration. Puis ils élevèrent le bâton et l'abattirent avec force, frappant la sorcière à la tempe.

Elle poussa une espèce de grognement et bascula dans la rivière, dans un grand bruit d'éclaboussure. L'affreuse créature disparut sous l'eau. Je pensais que c'en était fini d'elle, quand elle remonta à la surface, à proximité du bord, cinq ou six pas plus loin. Je vis avec horreur son bras gauche sortir de l'eau, et sa main agripper une touffe d'herbe. Son autre bras émergea à son tour, et elle commença à se hisser sur la berge.

Il me fallait agir avant qu'il ne soit trop tard. Rassemblant toute ma volonté, je m'ordonnai à moi-même d'avancer, tandis qu'elle tirait peu à peu son corps sur la terre ferme.

Dès que je me jugeai assez près, je fis une chose dont l'image hantera mes cauchemars jusqu'à mon dernier jour. Cependant, qu'aurais-je pu faire d'autre ? C'était elle ou moi.

Je frappai la sorcière de mon bâton. Je la frappai de toutes mes forces, et ne cessai de frapper que lorsqu'elle lâcha enfin prise et disparut dans les flots noirs, emportée par le courant.

Ce n'était pas terminé pour autant. Si elle réussissait à sortir de l'eau, un peu plus bas, elle pourrait encore rejoindre la maison de Lizzie. Je devais l'en empêcher à n'importe quel prix. Je savais que la tuer n'était pas la solution. Un jour ou l'autre, elle reviendrait, plus puissante et plus pernicieuse que jamais. Et je n'avais pas de chaîne d'argent pour la lier ! Or, il fallait agir sur-le-champ. Quelle que fût la difficulté de la tâche, je devais descendre le cours de la rivière entre les arbres.

Je suivis donc la berge, m'arrêtant tous les dix pas pour écouter. Je ne percevais que le soupir du vent dans les branches. Il faisait très noir. Ici et là, la clarté de la lune perçait l'épais feuillage, plantant dans le sol de fines lances argentées.

Cela arriva au moment où je m'y attendais le moins. Je ne vis rien, je n'entendis rien ; je sentis seulement une main s'enrouler autour de ma botte et se refermer sur ma cheville comme un étau. Je baissai la tête et découvris une paire d'yeux braqués sur moi, flamboyant dans les ténèbres. Affolé, je tentai de frapper à l'aveuglette cette poigne invisible qui me serrait les os à les briser. Je n'en eus pas le temps. On me tira violemment, et je tombai par terre. Le choc me coupa la respiration. Pour comble de malheur, le bâton m'échappa des mains, me laissant sans défense.

Je restai étendu quelques secondes, tâchant de reprendre mon souffle. Puis on me tira de nouveau, et je compris aux clapotements réguliers que Mère Malkin s'accrochait à moi pour se hisser hors de la rivière, battant l'eau de ses jambes. De deux choses l'une : ou elle réussirait à se sortir de là, ou je serais emporté avec elle dans le courant.

Dans un effort désespéré, je roulai sur le côté, secouant ma cheville pour me libérer. La sorcière tint bon. Je roulai de l'autre côté, la joue pressée contre le sol humide. Le bâton était là, son bout épais éclairé par un rayon de lune, juste au bord de la rive, hors de ma portée ; il s'en fallait de deux ou trois pas.

Enfonçant les doigts dans la terre, je me tortillai comme un ver. Mère Malkin ne me lâchait pas, mais son corps était toujours à moitié dans l'eau. À force de rouler d'un côté et de l'autre, je l'entraînai derrière moi le long de la berge.

Je finis par atteindre le bâton et l'abattis violemment sur la sorcière. Son autre main se tendit aussitôt et en saisit l'extrémité.

Je me dis que tout était raté, et que c'était terminé. Alors, à ma grande surprise, Mère Malkin hurla. Son corps s'arc-bouta, ses yeux se révulsèrent. Puis elle poussa un profond soupir et s'immobilisa.

Nous restâmes étendus ainsi sur la rive pendant un temps que je ne n'aurais su mesurer. Seule ma poitrine se soulevait et s'abaissait tandis que j'aspirais l'air à grand bruit. Mère Malkin ne bougeait pas. Peu à peu, sa main gauche se desserra, libérant ma cheville. Sa main droite lâcha le bâton. Elle glissa lentement sur la pente humide et s'enfonça dans l'eau presque sans une éclaboussure. Je ne compris pas ce qui s'était passé ; en tout cas, elle était morte. De ça, j'étais sûr.

Je la regardai flotter dans le courant.

Un tourbillon l'emporta au milieu de la rivière. La lune éclaira une dernière fois son visage, puis elle sombra. Mère Malkin avait disparu.

10
Pauvre Billy

J e me sentis si faible que je restai à genoux, plié
en deux, saisi de nausée. Je vomis, et vomis encore,
jusqu'à ce qu'il ne remonte plus dans ma bouche
qu'une bile âcre. Puis je me relevai, la gorge brûlante et l'estomac retourné.

Il fallut encore un bon moment pour que mon
souffle se ralentisse et que mon corps cesse de trembler. Je n'avais qu'une envie, retourner à la maison
de l'Épouvanteur. J'en avais assez fait pour cette
nuit, me semblait-il !

Mais je n'en avais pas le droit. L'enfant enlevé
était à la ferme de Lizzie, mon instinct me le disait.
Il était prisonnier d'une sorcière prête à le tuer. Je
devais me rendre au repaire de Lizzie l'Osseuse.

Une tempête montait à l'ouest. Une sombre masse de nuages tourmentés avalait peu à peu les étoiles. Il ne tarderait pas à pleuvoir. Heureusement, lorsque je pris le chemin menant chez Lizzie, la lune brillait encore, ronde, énorme. Jamais je n'avais vu de pleine lune aussi grosse.

Mon ombre s'allongeait devant moi. Je la regardais croître, et, plus j'approchais de mon but, plus elle me paraissait démesurée. J'avais rabattu mon capuchon et je serrais le bâton de l'Épouvanteur dans ma main gauche ; du coup, l'ombre ne semblait pas être vraiment la mienne. Elle me précéda ainsi jusqu'à ce qu'elle s'étende sur la maison de Lizzie l'Osseuse.

Je jetai un regard en arrière, m'attendant presque à découvrir mon maître derrière moi. Il n'était pas là, bien sûr, ce n'était qu'une illusion. J'avançai donc, franchis le portail menant dans la cour et m'arrêtai sur le seuil de la maison pour réfléchir : Et si j'arrivais trop tard, et que l'enfant soit déjà mort ? Et si Lizzie n'était pour rien dans cette disparition ? Si je me mettais en danger pour rien ?

Alors que mon esprit se posait toutes ces questions, mon corps, lui, comme au bord de la rivière, savait ce qu'il devait faire. Avant que j'aie pu l'en empêcher, ma main gauche se leva et frappa trois coups avec le bâton.

Il y eut un long moment de silence, puis un bruit

de pas qui se rapprochaient. Un rai de lumière glissa sous la porte.

Le battant tourna lentement, et je reculai. À mon grand soulagement, je vis apparaître Alice. Elle tenait une lanterne à la hauteur de sa tête, si bien qu'une moitié de son visage était éclairée tandis que l'autre restait dans l'ombre. D'une voix pleine de colère, elle demanda :

– Qu'est-ce que tu veux ?

– Tu le sais très bien, répliquai-je. Je veux l'enfant. L'enfant que vous avez enlevé.

– Ne sois pas stupide ! siffla-t-elle. Fiche le camp avant qu'il soit trop tard ! Ils sont partis à la rencontre de Mère Malkin, ils peuvent revenir d'une minute à l'autre.

À cet instant, des pleurs s'élevèrent quelque part dans la maison. Bousculant Alice, j'entrai.

Une unique chandelle, bizarrement faite de cire noire, éclairait d'une flamme tremblante l'étroit corridor. Je m'en emparai et me laissai guider par les plaintes. Je poussai une porte et découvris une pièce vide, sans le moindre mobilier ; le gamin était couché sur le plancher, au milieu d'un fouillis de paille et de chiffons.

Posant mon bâton contre le mur, je m'approchai, me penchai vers lui et demandai avec mon sourire le plus engageant :

– Comment t'appelles-tu ?

Il cessa de pleurer et me dévisagea, les yeux écarquillés.

— N'aie pas peur ! dis-je d'une voix aussi rassurante que possible. Je vais te ramener chez ta maman.

Je posai le chandelier sur le sol et pris le petit dans mes bras. Il était glacé, mouillé, et sentait aussi mauvais que son grabat. Je l'enveloppai de mon mieux dans les plis de ma cape. Alors, il murmura :

— Je suis Tommy.

— Eh bien, Tommy, nous avons le même prénom, tous les deux ! Moi aussi, je m'appelle Tommy. Tu n'as plus rien à craindre, maintenant. Je te ramène chez toi.

Tout en parlant, je repris mon bâton au passage, remontai le couloir et franchis la porte. Alice m'attendait près du portail ; elle n'avait plus sa lanterne. La lumière de la lune projeta mon ombre sur la grange, une ombre immense, dix fois plus haute que moi.

Je marchai droit vers la grille, mais Alice me barra le chemin.

— Ne te mêle pas de ça ! gronda-t-elle, menaçante, et je vis luire ses dents pointues. Ce ne sont pas tes affaires !

Je n'étais pas d'humeur à perdre mon temps en palabres. Je continuai d'avancer, et elle n'essaya pas de m'arrêter. Elle s'écarta et lança dans mon dos :

— Tu es complètement fou ! Laisse ce gosse si tu

tiens à ta peau ! Ils vont te poursuivre ; tu ne leur échapperas pas.

Je ne me donnai pas la peine de répondre. Sans un regard en arrière, je franchis le portail et repartis sur le chemin de la colline.

La pluie se mit à tomber. Froide, serrée, elle me cinglait le visage. Mon père l'aurait qualifiée de « pluie qui mouille ». Toutes les pluies mouillent, évidemment. Mais certaines semblent plus déterminées que d'autres à vous tremper comme une soupe. C'était le cas de celle-ci, et je me hâtais vers la demeure de l'Épouvanteur.

Je n'étais pas certain d'y être en sécurité, malgré tout. Si par malheur mon maître était mort, le gobelin jouerait-il encore son rôle de gardien de la maison et des jardins ?

J'eus bientôt un autre motif d'inquiétude : j'avais l'impression d'être suivi.

Je m'immobilisai et tendis l'oreille. Je n'entendis que le hurlement du vent et le bruit de la pluie, qui martelait les feuillages et tambourinait sur le sol. La nuit était complètement noire, maintenant ; je ne distinguai rien.

Je repris donc ma course, allongeant ma foulée, espérant que je me dirigeais du bon côté. Je fus soudain arrêté par une haie d'aubépines, et je dus faire un long détour avant de trouver un passage ; je sentais le danger se rapprocher.

Presque au sommet de la colline, juste après avoir pénétré dans un petit bois, j'eus la certitude d'une présence. Je m'arrêtai un instant pour reprendre haleine. L'averse s'était calmée, et je me retournai pour scruter l'obscurité des arbres, derrière moi. J'entendis un craquement de branches brisées. *On* était sur mes talons, et *on* se souciait peu de savoir où *on* posait les pieds. Parvenu en haut de la pente, je jetai de nouveau un coup d'œil en arrière. Un éclair illumina alors le paysage, révélant deux silhouettes qui émergeaient d'entre les arbres et montaient vers moi. L'une était celle d'une femme. L'autre avait la haute taille et la large carrure d'un homme.

Le tonnerre gronda, et Tommy enfouit son visage dans mon cou :

— J'aime pas l'orage ! J'aime pas l'orage !

— L'orage ne peut pas te faire de mal, affirmai-je, sachant pertinemment que ce n'était pas vrai.

Moi non plus, je n'aimais pas l'orage. Un de mes oncles avait été frappé par la foudre en rassemblant son troupeau. Il était mort sur le coup. Ce n'était pas prudent de rester dehors par une pareille tempête. Mais, si les éclairs me terrifiaient, ils avaient un avantage : leur lueur blême éclairait ma route par intermittence et me montrait la direction de la maison.

J'ahanais de peur et de fatigue mêlées, tout en forçant l'allure. J'espérais que nous serions en sécurité dans le jardin de l'Épouvanteur. Personne ne pouvait pénétrer sur son domaine sans y être invité. C'était notre seule chance. Si nous y parvenions à temps, le gobelin nous protégerait.

J'arrivai en vue du banc où mon maître et moi nous étions assis tant de fois pour nos leçons. Un peu plus bas, le jardin m'attendait. C'est alors que je glissai sur l'herbe mouillée. La chute ne fut pas trop brutale, mais Tommy se remit à pleurer. Comme je me relevai, j'entendis un bruit de course derrière moi, des pieds martelant lourdement le sol. Le souffle court, je me retournai. Je n'aurais pas dû.

Le fils de Mère Malkin précédait Lizzie de cinq ou six pas et gagnait rapidement du terrain. Lorsqu'un éclair illumina son visage, je crus voir des défenses des deux côtés de sa bouche. Tout en courant, il balançait la tête de droite et de gauche. La description des cadavres de femmes, que j'avais lue dans la bibliothèque de l'Épouvanteur, me revint en mémoire. Si Tusk m'attrapait, je finirais comme elles, les côtes broyées.

Un instant, la terreur me cloua sur place. Le monstre poussa un mugissement de taureau, et cela me remit en mouvement. J'aurais foncé, si j'avais pu. Seulement, je portais Tommy, j'étais las, mes jambes lourdes remuaient au ralenti, les poumons me brûlaient. Je m'attendais à chaque seconde à ce qu'une poigne s'abatte sur moi par derrière. Je dépassai pourtant le banc, et me retrouvai enfin sous les premiers arbres du jardin.

Y étais-je réellement en sécurité ? Si ce n'était pas le cas, nous étions perdus, tous les deux, car je ne courrais jamais assez vite pour atteindre la maison avant que Tusk me rattrape. Je fis encore quelques pas en titubant et m'arrêtai, hors d'haleine.

Quelque chose, alors, se faufila entre mes jambes. Je ne voyais rien, il faisait trop noir. Je sentis juste une légère pression contre mon mollet tandis qu'un fort ronronnement faisait vibrer le sol sous mes pieds. Puis cela s'éloigna, pour se placer entre moi et la lisière des arbres, entre moi et mes poursuivants. Je ne percevais plus aucun bruit de pas, maintenant. En revanche, j'entendis autre chose.

C'était le feulement furieux d'un matou, en cent fois plus puissant ; un mélange de grondements sourds et de cris aigus, qui devait résonner à des milles de distance ; le cri le plus menaçant, le plus terrifiant qu'on puisse imaginer ! Je compris pourquoi les gens du village ne se risquaient jamais jusqu'à la maison de l'Épouvanteur : ce cri portait la mort. Il disait : *Franchis cette ligne, et je t'arrache le cœur ! Franchis cette ligne, et je te saigne, je te ronge les os et je te suce la moelle ! Franchis cette ligne, et tu regretteras d'être né !*

Nous étions sauvés. Lizzie l'Osseuse et l'horrible Tusk devaient être en train de dévaler la colline à toutes jambes. Eux-mêmes n'étaient pas assez fous pour affronter le gobelin de l'Épouvanteur ! Rien d'étonnant qu'ils m'aient chargé d'apporter les gâteaux sanglants à Mère Malkin !

Nous fûmes accueillis à la cuisine par une soupe fumante et un feu crépitant. J'enveloppai le petit Tommy dans une bonne couverture et lui fis manger un peu de potage. Puis j'allai chercher quelques oreillers et lui improvisai un lit près de la cheminée. Il dormit comme une souche, tandis que je restais à écouter le vent qui hurlait au-dehors et la pluie qui battait les carreaux.

La nuit me parut longue, mais j'étais au chaud et je me sentais en paix, dans la demeure de mon maître, le seul endroit au monde où j'étais à l'abri du danger. Je savais que rien de malveillant n'oserait pénétrer dans le jardin, et encore moins franchir le seuil de la maison. Le lieu était mieux gardé qu'un château fort derrière ses douves et ses remparts. Je commençais à considérer le gobelin comme un ami, et, de surcroît, un ami puissant.

À la fin de la matinée, j'amenai Tommy au village. Les hommes étaient de retour. Lorsque nous passâmes devant l'échoppe du boucher, je vis l'expression abattue de celui-ci se changer en un large sourire. Je lui contai brièvement les derniers événements, sans donner plus de détails qu'il n'était nécessaire. Lorsque j'eus terminé, il retrouva sa mine soucieuse.

— Il va falloir se débarrasser d'eux une fois pour toutes, grommela-t-il.

Après que Tommy eut été rendu à sa mère et qu'elle m'eut remercié pour la quinzième fois, une trentaine d'hommes armés de gourdins et de solides bâtons se rassemblèrent sur la place du village. Une rumeur de colère montait de leur groupe, où il était question de « tuer à coups de pierres » et de « tout brûler ».

Je savais qu'ils avaient raison d'agir, mais je ne voulais pas participer aux représailles ; aussi ne m'attardai-je pas. Malgré tout ce qui était arrivé, je ne supportais pas l'idée qu'on puisse faire du mal à Alice.

J'allai marcher une heure ou deux dans les collines pour m'éclaircir les idées. Puis je revins lentement vers la maison de l'Épouvanteur. J'avais l'intention de m'asseoir sur le banc un moment pour profiter du soleil ; or, quelqu'un l'occupait déjà.

C'était mon maître ! Il s'en était sorti, finalement... Jusque-là, j'avais évité de trop m'interroger sur ce que j'avais à faire. Combien de temps m'aurait-il fallu rester dans cette maison avant d'être sûr qu'il ne reviendrait pas ? La question ne se posait plus, car il était là, les yeux fixés sur des volutes de fumée noire, au loin. La ferme de Lizzie brûlait.

En m'approchant, je remarquai un large héma-
tome violacé meurtrissant sa tempe gauche. Il surprit mon regard et me sourit d'un air las :

– On se fait pas mal d'ennemis, dans ce métier !
Il faudrait parfois avoir un œil derrière la tête.
Enfin, les choses ne vont pas si mal, puisque nous
avons un adversaire de moins du côté de Pendle !

Il tapota le banc à son côté :

– Assieds-toi ! Qu'as-tu fait en mon absence ? Je
veux un récit complet de ce qui s'est passé ici !
Commence par le commencement et finis par la
fin, sans rien omettre !

C'est ce que je fis. Je lui racontai tout. Quand
j'eus terminé, il plongea ses yeux verts dans les
miens :

– Je regrette de ne pas avoir appris le retour de
Lizzie. Lorsque j'ai enfermé Mère Malkin dans le
puits, Lizzie est partie en hâte, et je ne pensais pas
qu'elle aurait le front de se montrer de nouveau
dans le coin. Tu aurais dû me parler de ta rencontre
avec la fille. Ça aurait évité bien des ennuis.

Je baissai la tête, incapable de soutenir son
regard.

– Quelle est la pire chose qui te soit arrivée ? me
demanda-t-il.

Je me rappelai l'image de la sorcière cramponnée
à ma cheville pour se sortir de l'eau. Je me rappelai
son cri quand elle avait saisi l'extrémité du bâton.

Je lui rapportai la scène. Il soupira profondément :

– Tu es sûr qu'elle est morte ?

Je haussai les épaules :

– Elle ne bougeait plus. Et son corps a été emporté par le courant.

– Tu as vécu une rude épreuve, petit. Tu devras vivre avec ce souvenir jusqu'à ton dernier jour. Tu as été bien inspiré de choisir le plus court de mes bâtons. C'est ce qui t'a sauvé. Il est taillé dans une branche de sorbier, un bois particulièrement efficace contre les sorcières. En temps ordinaire, il n'aurait pas fait grand mal à une pernicieuse aussi ancienne et aussi redoutable. Mais elle avait été affaiblie par le contact de l'eau courante. Tu as donc eu beaucoup de chance ; cela dit, tu t'es remarquablement comporté, pour un nouvel apprenti. Tu as montré un vrai courage, et tu as sauvé un enfant. Malheureusement, tu as commis deux graves erreurs.

Je pensai à part moi que j'en avais sûrement commis davantage ; toutefois je n'avais pas l'intention de le contrarier sur ce point.

– La plus grave est d'avoir tué Mère Malkin, reprit l'Épouvanteur. Il aurait fallu la ramener ici. Mère Malkin est si puissante qu'elle pourrait se libérer un jour de sa propre carcasse. C'est un fait rare, qui se produit parfois. Son esprit renaîtrait alors dans ce monde, avec toute sa mémoire, en s'emparant d'un autre corps. Et elle se mettrait à ta recherche afin de se venger.

– Ça lui prendrait des années, non ? objectai-je.

– Ça arriverait plus vite que tu le penses. Ce phénomène est appelé possession, et c'est une sale affaire pour qui en est victime, crois-moi. Après cela, tu ne saurais jamais quand et où surgira le danger. La sorcière pourrait très bien posséder le corps d'une fille au sourire éblouissant, qui te ravirait le cœur avant de prendre ta vie. Elle pourrait aussi se servir de sa beauté pour plier un homme fort à sa volonté, un chevalier ou un juge, qui te jetterait dans un cul de basse fosse où tu serais à sa merci. Le temps joue en sa faveur. Elle risque de t'attaquer quand je ne serai plus là pour t'aider, quand ta jeunesse sera révolue, que ta vue baissera et que tes articulations se mettront à craquer.

Après un silence, il poursuivit :

– Il existe un autre type de possession, le plus probable, dans ce cas. Vois-tu, petit, garder ainsi une sorcière en vie au fond d'un puits n'est pas sans poser quelques problèmes, surtout quand il s'agit d'une pernicieuse, qui a passé sa vie à pratiquer la magie du sang. Elle s'est certainement nourrie de vers et autres choses rampantes, dans l'humidité où sa chair trempait constamment. Et son corps a dû lentement se transformer. Or, elle a tant de pouvoir qu'elle serait bien capable de faire mouvoir ce corps mort pour devenir ce qu'on appelle une *verme*. C'est une vieille expression du comté que tu connais sans doute. Comme une chevelure parasitée par la vermine, son cadavre est maintenant parasité par son esprit répugnant. Tel un asticot, elle va chercher à ramper vers une victime choisie et à se faufiler par le plus petit orifice, une oreille, une narine, pour s'emparer d'un corps vivant. Il n'y a que deux façons d'empêcher à tout jamais une sorcière de cet acabit de revenir. La première est de la brûler vive. Mais on ne peut infliger pareil supplice à personne. La deuxième est trop horrible pour qu'on puisse seulement y songer. Peu de gens la connaissent ; elle était pratiquée il y a des siècles, dans un pays au-delà des mers. D'après de très anciens livres, si tu manges le cœur d'une sorcière, elle ne revient jamais. À condition de le manger cru.

Il s'interrompit de nouveau, puis reprit :

— Si nous utilisions l'une ou l'autre de ces méthodes, nous ne vaudrions pas mieux que les créatures que nous voulons détruire, car l'une et l'autre sont barbares. Il ne reste donc que le puits. C'est cruel, certes ; cependant, nous devons protéger des innocents, qui seraient les prochaines victimes. Quoi qu'il en soit, mon garçon, la sorcière est maintenant en liberté. Cela nous promet bien du tracas, et nous n'y pouvons pas grand-chose pour l'instant. Aussi, tenons-nous sur nos gardes !

– Ça ira, dis-je. Je m'en débrouillerai.

Mon maître secoua tristement la tête :

– Apprends d'abord à te débrouiller avec un gobelin ! Voilà ta deuxième erreur. Tout un dimanche chaque semaine ! C'est beaucoup trop généreux. Mais bon... Et que proposes-tu pour ça ? ajouta-t-il en désignant une mince colonne de fumée, encore visible vers le sud-est.

Je haussai les épaules :

– Tout doit être terminé, à l'heure qu'il est ! Les hommes du village étaient fous furieux, et je les ai entendus parler de lapidation.

– Terminé ? Ne crois pas cela, petit ! Une sorcière comme Lizzie a plus de flair que le meilleur limier. Elle était sûrement loin bien avant leur arrivée. Non, elle sera retournée à Pendle, où vivent beaucoup de ses semblables. On pourrait courir derrière elle, mais je suis en chemin depuis des jours ; je suis fatigué, j'ai mal partout. J'ai besoin de repos. Évidemment, il ne faut pas laisser Lizzie trop longtemps la bride sur le cou, ou elle recommencera ses méfaits. Je m'occuperai d'elle avant la fin de la semaine, et tu viendras avec moi. Ce ne sera pas une partie de plaisir, autant te le dire tout de suite ! Enfin, chaque chose en son temps ! Suis-moi.

Je le suivis, remarquant qu'il boitait légèrement et marchait moins vite que d'habitude. Quoi qu'il se soit passé à Pendle, il en avait payé le prix. Nous entrâmes dans la maison, et il me conduisit dans la bibliothèque, jusqu'aux derniers rayonnages, près de la fenêtre.

– J'aime conserver mes livres dans ma bibliothèque, dit-il. Je préfère y ajouter des ouvrages plutôt qu'en retirer. Cependant, en raison des derniers événements, je vais faire une exception.

Il prit un volume sur la plus haute étagère et me le tendit :

– Tiens ! Tu en auras plus besoin que moi.

Il n'était pas très gros. Plus petit même que mon cahier de notes, il avait, comme la plupart des livres de l'Épouvanteur, une reliure de cuir. Le titre était imprimé sur la couverture et sur le dos. *Possession : les Damnés, les Déséquilibrés, les Désespérés.*

– Qu'est-ce que ça veut dire ? demandai-je.

– Lis-le, tu comprendras !

Lorsque je l'ouvris, je fus déçu. Il était rédigé en latin, une langue que je ne connaissais pas.

– Étudie-le bien et garde-le sur toi constamment, me recommanda mon maître. C'est une somme définitive sur le sujet.

Il dut me voir froncer les sourcils, parce qu'il sourit et pointa son doigt sur l'ouvrage :

– « Définitif » signifie que c'est le meilleur livre écrit jusqu'à ce jour sur la possession. Mais le sujet est compliqué, et ce texte a été composé par un jeune homme qui n'avait pas tout appris, loin de là. Ce n'est donc pas le dernier mot sur la question, il y a encore beaucoup à découvrir. Regarde à la fin !

J'obtempérai, et vis que les dix dernières pages étaient blanches.

– Si tu découvres quelque chose de nouveau, note-le là. Chaque détail compte. Et ne t'inquiète pas que ce soit écrit en latin, je vais te donner ta première leçon après le déjeuner.

Notre repas était préparé à la perfection. Comme j'avalais ma dernière bouchée, je sentis quelque chose bouger sous la table et se frotter à mes jambes. Puis j'entendis de nouveau le ronronnement. Il résonna de plus en plus fort, jusqu'à faire vibrer la vaisselle dans le buffet.

– Pas besoin de demander s'il est content ! grommela l'Épouvanteur. Un jour de congé par an aurait été suffisant. Enfin... Le travail nous attend, et la vie continue. Va chercher ton calepin, petit. Nous avons un programme chargé, aujourd'hui.

J'accompagnai donc mon maître au banc, débouchai l'encrier, y plongeai ma plume et me préparai à prendre des notes.

— Après l'épreuve de la maison hantée, dit l'Épouvanteur en faisant les cent pas, j'introduis d'ordinaire mes apprentis dans le métier le plus doucement possible. Toi qui as affronté une sorcière, tu sais déjà combien notre tâche est difficile et dangereuse, et tu es prêt à entendre ce qui est arrivé à mon dernier apprenti. C'est en relation avec les gobelins. Ouvre ton cahier à une page neuve et écrit ceci, pour commencer...

J'écrivis sous sa dictée : *Comment entraver un gobelin.*

Puis, tandis qu'il entamait son récit, je notai au fur et à mesure, en tâchant de ne pas perdre le rythme.

L'Épouvanteur appelait l'ensemble des étapes l'« arrangement ». Il fallait d'abord creuser une fosse, le plus près possible des racines d'un arbre en plein épanouissement. Après avoir subi tous les exercices imposés par mon maître, je ne fus pas étonné d'apprendre qu'un épouvanteur creuse rarement la fosse lui-même. Il ne le fait qu'en cas d'extrême urgence. Habituellement, il engage un terrassier et un maçon, qui découpent une dalle épaisse pour recouvrir la fosse comme une pierre tombale. C'est un travail de précision, car il est essentiel que la dalle scelle parfaitement la fosse. Une fois la face interne de la dalle et les parois de la fosse badigeonnées avec une mixture de sable, de limaille de fer et de colle, il faut attirer le gobelin à l'intérieur.

Ce n'est pas très compliqué ; du sang, du lait ou un mélange des deux font l'affaire. Le plus délicat est de placer la dalle dans la bonne position pendant qu'il mange. Le succès dépend de la qualité de vos aides. Le mieux est d'avoir à ses côtés le maçon et deux terrassiers équipés de chaînes, qu'ils font coulisser sur un portique de bois. Les chaînes permettent d'abaisser la dalle de pierre rapidement et avec précision.

C'est là que Billy avait commis une grave erreur. La chose était arrivée au cours du dernier hiver, en l'absence de l'Épouvanteur. Le temps était exécrable, et Billy avait hâte de regagner son lit bien chaud. Alors, il avait fait au plus vite. Il avait embauché des paysans du coin, qui n'avaient aucune expérience de ce genre de travail. Quant au maçon, il était parti souper en promettant de revenir une heure plus tard. Billy n'eut pas la patience de l'attendre. Il attira le gobelin dans la fosse sans trop de mal ; abaisser la dalle fut plus ardu. Il pleuvait à verse, la pierre était glissante. La main gauche de Billy se trouva coincée sous le rebord. Les chaînes s'emmêlèrent, et les deux hommes ne purent soulever la dalle. Pendant que l'un d'eux courait chercher le maçon, le gobelin, furieux de se voir enfermé, s'attaqua aux doigts de Billy. Or, c'était un gobelin d'une espèce particulièrement dangereuse. On les appelle les éventreurs. Ils trouvent habituellement leur nourriture parmi les troupeaux ; par malchance, celui-là avait un goût affirmé pour le sang humain.

Le temps qu'on réussisse à soulever la dalle, une demi-heure s'était écoulée, et il était trop tard. Le gobelin avait dévoré les doigts de Billy jusqu'à la troisième phalange et aspiré son sang. Ses cris de douleur s'étaient mués en faibles plaintes ; et, quand on avait enfin libéré sa main, il n'en restait que le pouce. Il mourut peu de temps après, tant des suites du traumatisme que de la perte de sang.

Après m'avoir raconté tout cela, l'Épouvanteur soupira :

– Ce furent de bien tristes moments. Il a été enterré sous une haie, à l'extérieur du cimetière de Layton. Les gens de notre profession n'ont pas le droit de reposer en terre bénie. Cela s'est passé il y a un an, et, si Billy avait survécu, tu ne serais pas là à m'écouter, car il serait toujours mon apprenti. Pauvre Billy ! C'était un bon garçon ; il ne méritait pas pareil châtiment. Ce travail est dangereux, vois-tu, et, quand on ne le fait pas comme il faut...

Il me regarda d'un air sombre, puis haussa les épaules :

– Que cela te serve de leçon, petit ! Nos qualités premières sont le courage et la persévérance ; et, surtout, nous ne nous hâtons jamais. Nous utilisons notre cervelle, nous sommes calmes et méthodiques, et nous faisons ce qui doit être fait. Habituelle-ment, je ne laisse jamais un apprenti se débrouiller seul avant la fin de sa première année d'entraîne-ment. À moins, bien sûr – il eut un léger sourire – qu'il ne prenne les choses en main de sa propre ini-tiative... Voilà ! Maintenant, je vais te donner ta première leçon de latin.

11
Le puits

J e vécus la pire de mes mésaventures trois jours plus tard.

L'Épouvanteur m'avait envoyé chercher les provisions de la semaine au village. L'après-midi était bien avancé, et, au moment où je quittai la maison, le sac vide à la main, les ombres commençaient déjà à s'allonger.

Comme j'approchais de la lisière du bois, je vis une silhouette sombre debout au bord du sentier. Je reconnus Alice, et mon cœur battit plus vite. Que faisait-elle là ? Pourquoi n'était-elle pas partie à Pendle ? Et, si elle était restée, qu'en était-il de Lizzie ?

Je ralentis le pas, mais il me fallait passer devant elle : il n'y avait pas d'autre chemin pour descendre au village. Je ne voulais pas faire demi-tour pour prendre une route plus longue, elle en aurait déduit que j'avais peur. Je franchis donc l'échalier, et me tins sur le côté gauche du sentier, le plus près possible des hauts buissons d'aubépines ; à droite une profonde rigole suivait la pente.

Alice restait sous le couvert des arbres, seul le bout de ses souliers pointus était frappé par les derniers rayons du soleil. Elle me fit signe d'approcher ; je restai prudemment à trois pas de distance. Après les récents événements, je ne lui accordais plus une miette de confiance. J'étais cependant soulagé de constater qu'elle n'avait été ni brûlée ni lapidée.

– Je suis venue te dire au revoir, fit-elle, et te recommander de ne jamais t'approcher de Pendle. C'est là que nous nous rendons. Lizzie a de la famille, là-bas.

– Je suis content que tu sois saine et sauve, affirmai-je. J'ai vu la fumée quand ils ont incendié votre ferme.

– Lizzie savait qu'ils viendraient. Nous avons eu largement le temps de nous échapper. Elle t'a suivi à la trace, l'autre soir, hein ? Mais elle a découvert trop tard ce que tu avais fait à Mère Malkin et n'a pas réussi à t'attraper. Ça l'a beaucoup contrariée. Et elle prétend que ton ombre a une odeur bizarre.

Je m'esclaffai. L'odeur d'une ombre ? C'était complètement idiot !

– Il n'y a pas de quoi rire ! me rabroua-t-elle. Elle a senti l'odeur de ton ombre là où elle a touché la grange, le soir où tu es venu chercher le gamin. Et, moi qui l'ai vue, je comprends que Lizzie s'inquiète : la lune a révélé ta véritable nature.

Soudain, elle avança de deux pas, en pleine lumière. Puis elle se pencha et renifla :

– C'est vrai que tu sens drôle, fit-elle en plissant le nez.

Elle recula vivement, l'air effrayé.

Prenant ma voix la plus douce, je tentai de la convaincre :

– Ne va pas à Pendle ! Ne reste pas avec ces gens ! Tu es en mauvaise compagnie.

– Qu'est-ce que ça peut faire ? Je suis déjà mauvaise, mauvaise de l'intérieur. On ne me changera pas. Si je te racontais ce que je suis, ce que j'ai fait, tu ne me croirais pas. Et je continue de mal agir, je suis désolée. Je n'ai pas la force de leur dire non.

À cet instant – trop tard ! – je compris pourquoi elle affichait ce visage effrayé. Ce n'était pas de moi qu'elle avait peur, mais de ce qui se tenait derrière moi.

Je n'avais rien vu, rien entendu. Aucun signe ne m'avait alerté. Le sac vide me fut brusquement arraché des mains. On me l'enfonça sur la tête et les épaules, et tout devint noir. Des mains puissantes me saisirent, me maintenant les bras le long du corps. Je me débattis ; en vain. Je me sentis soulevé, balancé sur une épaule comme un sac de pommes de terre. Tandis qu'on m'emportait, je perçus des voix – celle d'Alice et celle d'une femme, sans doute Lizzie l'Osseuse. L'individu qui me trimbalait se contentait de grogner. Ce ne pouvait être que Tusk.

Alice m'avait attiré dans un piège ! Tout avait été soigneusement conçu. Ils avaient dû me guetter, cachés dans le fossé, dès mon départ de la maison.

J'avais peur. De toute ma vie je n'avais eu aussi peur. J'avais tué Mère Malkin, la grand-mère de Lizzie. Ils allaient me le faire payer.

Environ une heure plus tard, on me laissa tomber brutalement sur le sol ; le choc vida tout l'air de mes poumons.

Dès que je pus reprendre mon souffle, je tentai de me libérer du sac. Mais on m'assena dans le dos deux coups si violents que je me calmai aussitôt. Je restai allongé par terre, osant à peine respirer, attendant que la douleur s'atténue.

On me ligota avec une corde, par-dessus le sac, et on serra fortement les nœuds. Puis Lizzie fit une réflexion qui me glaça jusqu'aux os :

– C'est bon, il ne bougera plus. Tu peux commencer à creuser.

Elle dut approcher son visage du mien, car je

respirai son haleine puante à travers la toile, une haleine de bête.

– Eh bien, mon garçon ! souffla-t-elle. Quel effet ça fait de savoir qu'on ne reverra plus jamais la lumière du jour ?

J'entendis alors un bruit de pioche attaquant la terre, et mon sang se figea. Je me rappelai l'histoire de la femme du mineur, gisant sur le carrelage, paralysée, incapable d'appeler au secours, tandis que son mari creusait sa tombe dans la cave de la maison de Horshaw. Là, c'était mon tour. J'allais être enterré vivant. J'aurais donné n'importe quoi pour ne pas connaître pareille angoisse.

Aussi, lorsqu'ils coupèrent les liens et ôtèrent le sac, je fus d'abord soulagé. Le soleil avait disparu, mais j'apercevais les étoiles, et la lune décroissante, bas au-dessus des arbres. Le vent effleurait ma peau, et, même si ce répit devait être éphémère, jamais caresse ne m'avait paru aussi douce.

Pour être tout à fait franc, quand je vis Tusk de près pour la première fois, je ne le trouvai pas si abominable. Il m'avait semblé bien pire, la nuit où il m'avait poursuivi. Malgré son visage ridé et buriné, ses cheveux gris et hirsutes, il était plus jeune que l'Épouvanteur. Ses dents jaunes, trop grosses pour sa mâchoire, l'empêchaient de fermer complètement la bouche, et deux canines protubérantes pointaient comme des défenses de chaque côté. Il était grand, velu, doté de bras musculeux. J'avais mesuré leur force quand il m'avait immobilisé, et je savais qu'il aurait pu me serrer à m'en briser les côtes.

Tusk portait à la ceinture un coutelas dont la lame recourbée semblait effroyablement tranchante. Mais le plus effrayant était ses yeux, des yeux vides, dépourvus d'expression, comme s'il n'y avait rien de vivant dans la tête de ce montre. Il n'était qu'un instrument obéissant entre les mains de Lizzie, un être dépourvu de pensées propres. Il exécuterait n'importe lequel de ses ordres, aussi affreux fût-il, sans se poser de questions.

Quant à Lizzie l'Osseuse, elle n'était nullement décharnée. À en croire les lectures que j'avais faites dans la bibliothèque de l'Épouvanteur, ce surnom lui venait de ce qu'elle utilisait la magie des ossements. J'avais respiré son souffle infect ; cependant, au contraire de Mère Malkin, plus desséchée qu'une momie, elle ne ressemblait pas à une sorcière.

Âgée d'environ trente-cinq ans, elle avait de beaux yeux bruns et des cheveux aussi noirs que ceux de sa nièce. Elle portait un châle vert sur une robe noire, serrée autour de sa taille mince par un lien de cuir. L'air de famille était frappant, à l'exception de la bouche. Lizzie avait une façon particulière de tordre les lèvres et de grimacer en parlant. Je remarquai également qu'elle ne me regardait jamais en face.

Alice, elle, avait une jolie bouche, faite pour le sourire. Pourtant, il était évident qu'elle finirait par ressembler à sa tante.

Alice m'avait trompé. Si j'étais là, au lieu de dîner tranquillement, assis à la table de la cuisine en compagnie de l'Épouvanteur, c'était par sa faute.

Sur un signe de Lizzie l'Osseuse, Tusk m'attacha les mains dans le dos. Puis il me saisit par le bras et m'entraîna sous les arbres. La première chose que je vis fut le tas de terre noire, et le puits profond juste à côté. Je sentis l'odeur humide de la terre fraîchement remuée, une odeur de vie et de mort mêlées, à laquelle s'ajoutait des relents indéfinissables remontés à la surface, et qui auraient dû rester enfouis.

Le puits devait bien mesurer sept pieds de profondeur ; mais, à la différence de celui où l'Épouvanteur avait gardé Mère Malkin, ce n'était qu'un grand trou creusé n'importe comment. Je me souviens d'avoir pensé qu'avec mon entraînement j'aurais fait beaucoup mieux.

À cet instant, la lumière de la lune éclaira quelque chose que je regrettai d'avoir aperçu : environ trois pas plus loin, à gauche du puits, il y avait un monticule oblong de terre retournée qui ressemblait fort à une tombe récente.

Je n'eus cependant pas le temps de m'en inquiéter, car Tusk me bascula la tête en arrière. J'aperçus
le visage de Lizzie tout près du mien. Un objet dur
s'introduisit dans ma bouche et un liquide froid,
amer, infect, envahit ma bouche, coula dans mon
gosier, m'obstrua le nez, si bien que je me mis à
tousser, à m'étrangler, à suffoquer. Je voulus recra-
cher, mais Lizzie me pinça rudement les narines
entre le pouce et l'index, et je fus forcé d'avaler
pour pouvoir respirer.

Cela fait, Tusk lâcha ma tête et raffermit son
étreinte sur mon bras gauche. Je vis alors que Lizzie
l'Osseuse tenait un flacon de verre à long col. Son
contenu était dans mon estomac.

Qu'avais-je ingurgité ? M'avait-elle empoisonné ?

– Cela t'aidera à garder les yeux grands ouverts,
mon garçon, ricana-t-elle. Tu ne voudrais tout de
même pas t'endormir et manquer le plus intéressant !

Sans avertissement, Tusk me précipita dans le
puits. Je tombai, et mon cœur se souleva. Je heurtai
lourdement le sol. Par chance, le fond de la fosse
était meuble ; bien qu'étourdi par la chute, je n'étais
pas blessé. Je tordis le cou pour apercevoir une dernière fois les étoiles, persuadé que j'allais être enterré
vivant, m'attendant à sentir une pelletée de terre
s'abattre sur moi. Une silhouette se découpa au-
dessus de moi, sur le ciel nocturne : la tête et les

épaules de Lizzie. Elle se mit à psalmodier d'une bizarre voix de gorge une sorte d'incantation dont je ne saisissais pas les paroles.

Puis elle étendit les bras au-dessus de la fosse, et je vis qu'elle tenait un petit objet dans chaque main. Poussant un cri étrange, elle ouvrit les doigts. Deux bâtonnets tombèrent et atterrirent dans la boue. La lumière de la lune me révéla ce que c'était : deux os si blancs qu'ils semblaient luire. Des os de pouce – je distinguai nettement leurs articulations.

– Profite bien de ta dernière nuit ici-bas, mon garçon ! me lança-t-elle. Mais ne t'inquiète pas, tu ne resteras pas seul très longtemps. Je te laisse en bonne compagnie. Ce pauvre Billy va venir te réclamer ses os. Il habite la porte à côté, il n'a donc pas beaucoup de chemin à faire. Vous avez tant de choses en commun ! Il a été le dernier apprenti du vieux Gregory, et il n'apprécie sûrement pas que tu aies pris sa place. Juste avant l'aube, nous te rendrons une ultime visite. Nous ramasserons tes os à toi. Tu as des os très particuliers, bien supérieurs à ceux de Billy. Fraîchement récoltés, ils seront les plus efficaces que j'aurai possédés depuis longtemps !

Son visage se retira, et j'entendis décroître le bruit de ses pas.

Voilà donc ce qui m'attendait. Si Lizzie voulait mes os, elle allait me tuer. Je me rappelai la longue lame courbe de Tusk, et je fus pris de tremblements.

Avant cela, j'aurais à affronter Billy. « Il habite la porte à côté » signifiait sans doute qu'il reposait dans la tombe près du puits. Pourtant, l'Épouvanteur m'avait dit que Billy était enterré à l'extérieur du cimetière de Layton. Lizzie avait probablement déterré son corps pour lui couper les pouces, puis avait enfoui ses restes ici, entre les arbres. Maintenant, il allait venir me réclamer ses os.

Billy Bradley voudrait-il me faire du mal ? Je ne lui avais causé aucun tort. Mais il était sans doute heureux d'être l'apprenti de l'Épouvanteur. Il avait sans doute rêvé de terminer sa formation et de devenir épouvanteur un jour. Et j'avais pris sa place. De plus, par son incantation, Lizzie l'avait peut-être convaincu que c'était moi le responsable de sa mutilation, moi qui lui avais volé ses os...

Je réussis à me mettre à genoux et tentai désespérément de libérer mes mains. Peine perdue. Plus je me débattais, plus mes liens se resserraient.

Je me sentais bizarre, la bouche sèche et l'esprit nébuleux. Quand je regardai les étoiles, elles m'apparurent dédoublées et plus brillantes qu'à l'ordinaire.

Si je me concentrais fortement, les deux étoiles n'en formaient plus qu'une ; dès que je relâchais mon attention, elles redevenaient deux. La gorge me brûlait, et mon cœur battait trois fois trop vite.

Je m'efforçai de réfléchir aux paroles de Lizzie. Billy allait venir récupérer ses os. Ils gisaient dans la boue à deux pas de moi. Si j'avais eu les mains libres, je les aurais lancés à l'extérieur du puits.

Soudain, je perçus un frémissement sur ma gauche, au-dessus de moi. Je levai les yeux et vis émerger une tête oblongue, grasse et blanche. La face aveugle de la créature décrivit de lents cercles tandis qu'elle tirait le reste de son corps hors de sa gangue de terre. Elle était beaucoup plus grosse que le plus gros des vers que j'aie jamais vu. Qu'est-ce que ça pouvait bien être ? Était-ce venimeux ? Est-ce que ça mordait ?

Cette bête avait dû naître et grandir dans le cercueil de Billy, y enflant, se boursouflant ; sa chair blême n'avait jamais connu la lumière du jour.

J'eus un mouvement de recul lorsque le ver s'extirpa de la paroi en se tortillant. Il s'écrasa devant moi avec un bruit mou et s'enfouit rapidement dans le sol humide.

Étant donné sa taille, il avait entraîné avec lui une motte de terre, ouvrant dans la paroi du puits l'entrée d'un étroit tunnel. Je la fixai avec un mélange d'horreur et de fascination, car quelque chose d'autre remuait à l'intérieur. Quelque chose repoussait l'humus, dont les débris dégringolaient, formant un monticule dans le fond du puits.

Le pire était de ne pas savoir à quoi j'avais affaire. Il fallait que je voie ! Je m'efforçai de me remettre sur mes pieds. Pris de vertige, je titubai.

Les étoiles se mirent à tanguer au-dessus de ma tête. Je faillis tomber, réussis tout de même à avancer d'un pas, et me retrouvai le nez à hauteur du tunnel.

Je regardai à l'intérieur, et regrettai aussitôt ma témérité.

Des ossements humains rampaient dans la boue, deux longs bras terminés par des mains sans pouce. À l'une, tous les doigts manquaient.

Bientôt apparut un crâne édenté et grimaçant. Le squelette de Billy me fixait de ses orbites vides, semblables à deux trous noirs. Quand une main sans chair se tendit vers moi, ses os blanchis luisant à la lumière de la lune, je bondis en arrière avec un hoquet de terreur.

À l'instant où je crus devenir fou d'épouvante, l'air autour de moi se refroidit brusquement. Je sentis quelque chose à ma droite. Quelqu'un m'avait rejoint au fond du puits. Seule la moitié droite de son corps émergeait, l'autre moitié étant encore emprisonnée dans le mur de terre.

C'était un garçon à peine plus âgé que moi. Avec autant d'aisance que s'il franchissait une porte, il donna un coup d'épaule et entra tout entier dans le puits. M'adressant un sourire amical, il dit :

— Reconnaître si on rêve ou si on est éveillé, voilà l'une des choses les plus difficiles à apprendre ! Apprends cela maintenant, Tom ! Apprends vite, avant qu'il soit trop tard... !

Je remarquai alors ses bottes. Il portait de belles bottes souples, taillées dans le meilleur cuir ; les mêmes bottes que l'Épouvanteur. Il leva les mains, les plaçant de chaque côté de son visage, paumes ouvertes. Des mains sans pouce. À celle de gauche, tous les doigts manquaient...

Devant moi se tenait le fantôme de Billy Bradley.

Il croisa les bras sur la poitrine, sourit une dernière fois, le visage serein. Puis il s'effaça ; et je sus qu'il était en paix.

J'avais compris son message. Je n'avais pas dormi, cependant, en un sens, j'avais rêvé. La potion que Lizzie m'avait forcé à avaler était à l'origine de ce cauchemar.

Je me retournai vers le tunnel ; il n'existait plus. Il n'y avait eu ni ver monstrueux, ni squelette rampant vers moi. Lizzie m'avait administré une drogue qui brouille la réalité, fait palpiter le cœur et empêche de dormir. J'avais bien gardé les yeux ouverts, mais ce que j'avais vu n'était qu'illusions.

Peu après, les étoiles disparurent et une forte pluie se mit à tomber. Ce fut une nuit longue, pénible et froide. Je pensais et repensais à ce qui m'arriverait à l'aube. Plus le moment approchait, plus j'étais mal.

Environ une heure avant le lever du jour, la pluie se changea en bruine, puis cessa tout à fait. Je vis réapparaître les étoiles, et elles ne se dédoublaient plus. Quoique trempé et glacé, je ne ressentais plus de brûlure dans la gorge.

Lorsqu'un visage se pencha vers moi, du haut du puits, mon cœur s'emballa. Puis, à mon grand soulagement, je reconnus Alice.

– Lizzie m'envoie constater dans quel état tu es, dit-elle. Billy est-il venu ?

– Il est venu et reparti, répondis-je avec colère.

– Je n'ai jamais voulu cela, Tom. Si tu ne t'étais pas mêlé de nos affaires, il n'y aurait pas eu de problème.

– Si je ne m'étais pas mêlé de vos affaires, comme tu dis, répliquai-je, un autre enfant serait mort, et l'Épouvanteur sans doute aussi. Et ces gâteaux pétris avec du sang de bébé, tu n'appelles pas ça « un problème » ? Tu appartiens à une famille de meurtriers, et tu es une meurtrière, toi aussi !

– Ce n'est pas vrai ! protesta-t-elle. Ce n'est pas vrai ! Je t'ai juste donné les gâteaux !

– Admettons ! Cependant, insistai-je, tu connaissais leurs projets, et tu les as laissés faire.

– Je ne suis pas assez forte, Tom ! Comment aurais-je pu empêcher Lizzie d'agir ?

– Moi, j'ai décidé de mes choix ! Mais toi, Alice, que choisis-tu ? La magie des ossements ou la magie du sang ? Laquelle ? Tu peux me le dire ?

– Ni l'une ni l'autre ! Je ne veux pas être comme

eux, Tom ! Je vais m'enfuir. À la première occasion, je les quitterai.

– Si tu le penses vraiment, alors aide-moi ! Aide-moi à sortir de ce trou ! Et nous fuirons tous les deux.

– Pas maintenant ! C'est trop dangereux. Je fuirai plus tard, quand ils ne s'y attendront pas.

– D'ici là, je serai mort. Et tu auras encore davantage de sang sur les mains.

Alice ne répliqua pas ; elle pleurait. Puis, au moment où je la sentais sur le point de changer d'avis et de m'aider, elle s'éloigna.

Je m'assis par terre, anéanti. Je me rappelai le jeune soldat pendu. Je savais exactement, à présent, ce qu'il avait ressenti avant de mourir, cette détresse à l'idée de ne jamais revoir sa famille.

J'avais abandonné toute espérance quand j'entendis des pas. D'épouvante, je bondis sur mes pieds. C'était de nouveau Alice.

– Oh, Tom, gémit-elle, je suis si désolée ! Ils sont en train d'aiguiser leurs couteaux.

Ma fin était proche, et, je le savais, il ne me restait qu'une seule chance. Cette chance reposait sur une fille aux souliers pointus...

– Puisque tu es si désolée, dis-je doucement, alors aide-moi !

– Mais je ne peux rien faire ! Lizzie se retournera contre moi. Elle se méfie de moi. Elle pense que je n'ai pas de cran.

– Alors, va chercher M. Gregory ! Amène-le ici !

– Il est trop tard, sanglota Alice en secouant la tête. Lizzie veut tes os. La meilleure heure pour les récolter, celle qui leur donne le plus grand pouvoir, c'est juste avant le lever du soleil. Ils seront là d'une minute à l'autre.

– Apporte-moi au moins un couteau !

– Ça ne te servira à rien. Ils sont bien trop forts. Tu ne pourras pas te battre avec eux.

– Ce n'est pas pour me battre, c'est pour couper mes liens. Vite !

Soudain, Alice disparut. Était-elle partie chercher un couteau, ou avait-elle trop peur de Lizzie ? J'attendis. Ne la voyant pas revenir, je retombai dans le désespoir. Je me débattis, tirant sur mes poignets, essayant de briser la corde. En vain.

Mon cœur bondit de nouveau quand un visage se pencha au-dessus de la fosse. Alice ! Elle me jeta quelque chose, qui brilla d'un éclat métallique. C'était un couteau. Si j'arrivais à trancher mes liens, je serais libre...

Même avec les mains liées derrière le dos, je ne doutais pas de la réussite. Au pire, je risquais de me blesser, mais quelle importance, en comparaison de ce qui m'attendait ? Je saisis l'instrument sans trop de peine. Le placer contre la corde fut nettement plus difficile, et le remuer davantage encore. Quand il m'échappa pour la troisième fois, je paniquai. Je n'avais plus que quelques minutes de grâce. J'appelai Alice :

— Je n'y arrive pas ! Viens m'aider ! Saute !

Je ne pensais pas vraiment qu'elle le ferait, pourtant elle le fit. Elle se laissa glisser le long de la paroi, et atterrit au fond du puits.

D'un geste, elle trancha mes liens. J'avais enfin les mains libres. À présent, il fallait sortir de là.

— Laisse-moi grimper sur tes épaules, dis-je. Ensuite, je te hisserai.

Elle ne discuta pas, et, à ma deuxième tentative, je réussis à émerger du trou. Je roulai sur l'herbe humide.

Le plus difficile restait à faire : remonter Alice.

Je lui tendis ma main gauche. Elle s'y accrocha, refermant son autre main sur mon poignet pour avoir une meilleure prise. Puis je tirai.

Seulement, l'herbe était glissante ; le poids d'Alice m'entraînait vers la fosse. Je compris que je n'étais pas assez fort. J'avais commis une erreur impardonnable : je l'avais estimée plus faible que moi parce que c'était une fille. Je me rappelai — trop tard ! — avec quelle aisance elle avait fait danser la lourde cloche de l'Épouvanteur. C'était elle qui aurait dû monter sur mes épaules pour s'extraire du puits la première. Elle m'aurait ensuite sorti de là sans peine.

J'entendis alors des voix. Lizzie l'Osseuse et Tusk se dirigeaient vers nous.

Alice s'acharnait, ses pieds cherchant désespérément un appui dans la terre meuble de la paroi. La peur décupla mon énergie. Dans un ultime effort, je l'extirpai hors de la fosse, et elle s'écroula à mon côté.

Il était temps ! Nous fonçâmes, tandis qu'un bruit de course résonnait déjà derrière nous. Nos poursuivants étaient encore loin, mais ils gagnaient peu à peu du terrain.

Je ne sais pas combien de temps dura notre cavalcade, mais cela me parut une éternité. Mes jambes étaient lourdes, les poumons me brûlaient. Nous courions en direction de Chippenden ; nous fuyions vers l'aube, là où le ciel pâlissait, s'éclaircissant minute après minute. Enfin, à l'instant où je me croyais incapable de faire un pas de plus, une lueur orangée alluma le sommet des collines. Le soleil se levait, et je me souviens d'avoir pensé que, même si nous étions pris maintenant, mes os ne seraient plus d'aucune utilité à Lizzie.

Sortant du couvert des arbres, nous grimpâmes une pente herbeuse et je sentis mes jambes se dérober, aussi molles que de la guimauve. Alice courait toujours. Elle se retourna pour jeter un coup d'œil, une expression d'effroi sur le visage. J'entendis tout près les feuilles craquer sous les pas de Tusk et de Lizzie.

Alors, je m'arrêtai ; je n'avais plus de raison de continuer à fuir.

En haut de la pente se dressait une haute silhouette vêtue de noir, un long bâton à la main. Je n'avais jamais vu l'Épouvanteur ainsi. Son capuchon était rejeté en arrière, et ses cheveux, éclairés par le soleil levant, semblaient jaillir de son crâne telles des langues de feu.

Tusk gronda et s'élança vers lui, Lizzie l'Osseuse sur ses talons. Nous ne les intéressions plus, ils avaient reconnu leur véritable adversaire. Ils s'occuperaient de nous plus tard.

Alice s'était arrêtée, elle aussi. Je la rejoignis en quelques pas chancelants, et nous regardâmes, côte à côte, Tusk brandir sa lame courbe et charger avec un rugissement de rage.

L'Épouvanteur, qui s'était tenu jusque-là aussi immobile qu'une statue, fit deux grandes enjambées et leva son bâton. S'en servant comme d'une lance, il le jeta à la tête de son agresseur. À l'instant où le projectile atteignait sa cible, une flamme s'alluma à son extrémité. Elle frappa le front du monstre avec un bruit sourd. Le coutelas vola dans les airs tandis que Tusk s'effondrait lourdement. Avant même qu'il ait touché le sol, je sus qu'il était mort.

Laissant son bâton dans l'herbe, l'Épouvanteur fouilla dans les plis de son manteau. Lorsque sa main gauche réapparut, elle tenait quelque chose qui claqua dans l'air comme la lanière d'un fouet.

Le soleil s'y accrocha, et je compris que c'était une chaîne d'argent.

Lizzie l'Osseuse fit volte-face ; elle n'eut pas le temps de s'échapper. La chaîne claqua de nouveau. Émettant un son aigu, métallique, elle dessina une spirale de feu qui vint s'enrouler serré autour de la sorcière. Celle-ci poussa un cri déchirant, un seul ; puis elle tomba.

Suivi d'Alice, je montai vers le haut de la côte. Nous vîmes que le lien d'argent emprisonnait étroitement la sorcière de la tête aux pieds, lui retroussant même les lèvres sur les dents. Elle roulait des prunelles terrifiées, et tout son corps s'arc-boutait violemment ; mais elle ne pouvait plus émettre un son.

Non loin d'elle, Tusk gisait sur le dos, les yeux grands ouverts, une plaie rouge au milieu du front. Je regardai le bâton, me demandant d'où était venue la flamme qui avait jailli à son extrémité.

Mon maître semblait vidé, exténué. Il me parut soudain très vieux ; ses épaules s'affaissèrent comme s'il était las de la vie elle-même. Dans l'ombre de la colline, ses cheveux avaient retrouvé leur habituelle couleur grise. J'avais cru les voir se dresser sur son crâne parce qu'ils étaient trempés de sueur et qu'il les avait balayés d'un geste de la main. Je le vis refaire ce geste ; de grosses gouttes de transpiration tombaient de ses sourcils, il haletait. Je compris qu'il avait couru.

– Comment nous avez-vous trouvés ? soufflai-je.

Il lui fallut un moment avant de pouvoir parler. Quand sa respiration reprit un rythme normal, il répondit :

– Il y a des indices, petits. Des traces qu'on peut suivre quand on sait les déchiffrer. Voilà encore une chose que tu devras apprendre.

Il se tourna vers Alice.

– J'en ai fini avec ces deux là. Mais qu'allons-nous faire de toi ? questionna-t-il, le regard dur.

– Elle m'a aidé à m'échapper, plaidai-je.

– Vraiment ? Et qu'a-t-elle fait d'autre ?

Il me dévisagea tout aussi durement, et je fus contraint de baisser les yeux. Je ne pouvais pas lui mentir, et il se doutait forcément qu'Alice avait sa part de responsabilité dans ce qui m'était arrivé. Il fit claquer sa langue et ordonna à Alice, d'une voix pleine de colère :

– Ouvre la bouche, petite ! Je veux vérifier quelque chose.

Alice obéit. S'avançant brusquement, l'Épouvanteur lui saisit la mâchoire, approcha le visage de sa bouche ouverte et renifla avec bruit.

Quand il revint vers moi, son expression s'était adoucie. Il soupira profondément.

– Son haleine est saine. As-tu senti celle de l'autre ? me demanda-t-il en désignant Lizzie.

J'acquiesçai.

– C'est un signe qui ne trompe pas. Ceux qui pratiquent la magie des ossements ou celle du sang ont un goût prononcé pour la viande crue. Mais la fille paraît normale.

Il se pencha vers Alice et dit :

– Regarde-moi dans les yeux ! Soutiens mon regard aussi longtemps que tu le peux !

Elle s'exécuta, mais, bien qu'elle crispât les lèvres tant elle s'appliquait, elle détourna rapidement les yeux et se mit à pleurer.

L'Épouvanteur fixa ses souliers pointus et secoua tristement la tête.

– Je ne sais pas, soupira-t-il, s'adressant de nouveau à moi. Je ne sais quel parti prendre. Elle n'est pas seule en cause. Nous devons penser aux autres, aux innocents qu'elle pourra tourmenter plus tard. Elle en a trop vu, et elle en a trop fait. J'ignore comment elle va tourner, et je me demande si on peut la lâcher dans la nature sans courir un grand risque. Si elle rejoint la bande, à Pendle, elle tombera sous la coupe des forces obscures et sera définitivement perdue.

Je l'interrogeai doucement :

– N'as-tu aucun autre endroit où aller ? Aucune parenté ?

– Il y a un village, près de la côte. Il s'appelle Staumin. J'ai une tante là-bas. Elle acceptera peut-être de m'héberger.

– Est-elle comme les autres ? intervint l'Épouvanteur.

– Rien en elle ne vous inquiéterait. Mais c'est loin, et je ne me suis jamais rendue là-bas. Cela me prendrait au moins trois jours.

– Le garçon pourrait t'accompagner, reprit mon maître d'un ton plus affable. Je le crois capable de s'orienter, il a bien étudié mes cartes. Et, quand il sera de retour, il apprendra à les replier correctement ! Allons, c'est décidé ! Je vais te donner une chance, ma fille. À toi de la saisir. Dans le cas contraire, tu me retrouveras sur ton chemin et, ce jour-là, tu ne t'en tireras pas comme ça.

L'Épouvanteur sortit alors de sa poche le torchon enveloppant un morceau de fromage.

– Pour que vous ne mouriez pas de faim ! dit-il. Mais ne mangez pas tout d'un coup !

Je grommelai un remerciement, en espérant que nous trouverions mieux en cours de route.

– N'allez pas directement à Staumin, m'intima mon maître en me regardant avec insistance. Je veux que tu ailles d'abord chez toi. Amène cette fille à ta mère pour qu'elle parle avec elle. J'ai le sentiment qu'elle pourra nous aider. Sois de retour dans deux semaines !

À ces mots, un sourire s'épanouit sur mon visage. Passer quelques jours à la maison après ce que je venais de vivre, c'était un rêve devenant réalité !

Une chose m'étonnait, cependant. Je me rappelai la lettre que maman avait envoyée à l'Épouvanteur. Certains termes de cette missive semblaient lui avoir déplu. Quelle sorte d'aide attendait-il de ma mère ? Je ne posai toutefois aucune question, redoutant qu'il revienne sur sa décision. J'étais trop content de m'en aller !

Avant de partir, je lui parlai de Billy, de sa tombe dans la forêt. Il hocha la tête et me dit de ne pas m'inquiéter, qu'il ferait le nécessaire.

Nous nous mîmes en route. Jetant un coup d'œil en arrière, je vis que l'Épouvanteur avait balancé Lizzie sur son épaule et se dirigeait à grands pas vers Chippenden. Il avait retrouvé toute son énergie. De dos, on aurait dit un homme de trente ans.

12
Les Déséquilibrés et les Désespérés

Nous descendîmes la colline vers la ferme de mes parents sous une fine pluie tiède qui nous mouillait le visage. Un chien aboya au loin, mais en bas tout était tranquille.

C'était la fin de l'après-midi, mon père et Jack devaient être aux champs ; cela me donnait une chance de parler seul à seule avec maman. J'avais eu le temps de réfléchir pendant notre périple, et je me demandais comment maman prendrait les choses. Je n'étais pas sûr qu'elle soit ravie d'avoir cette fille à la maison lorsque je lui aurais raconté à quoi elle avait été mêlée ! Quant à Jack, je connaissais d'avance sa réaction. Je me souvenais des paroles d'Ellie lors de mon dernier séjour. Déjà qu'il n'appréciait guère mon nouveau métier, devoir cohabiter avec la nièce d'une sorcière ne serait sûrement pas pour lui plaire !

Nous entrâmes dans la cour, et je désignai la grange.

— Va t'abriter là-dedans, dis-je. Je vais prévenir maman.

Le cri d'un bébé affamé monta alors de la maison. Alice me lança un bref regard, puis baissa les yeux, et je me rappelai la nuit où nous avions entendu tous deux des pleurs d'enfant.

Elle se détourna et marcha vers la grange, plus muette que jamais. Vous imaginez peut-être qu'après tout ce que nous avions vécu ensemble, nous avions eu de multiples sujets de discussion, le temps du voyage. En réalité, nous avions à peine échangé trois mots. Alice avait dû être troublée par la façon dont l'Épouvanteur lui avait saisi la mâchoire pour respirer son haleine. Elle avait dû réfléchir à sa vie d'avant, car, tout le long du chemin, elle m'avait semblé perdue dans de sombres pensées.

De mon côté, j'étais fatigué, soucieux, et je n'avais pas envie de parler. Si j'avais fait un effort, si j'en avais profité pour tenter de mieux connaître Alice, cela m'aurait épargné bien des ennuis par la suite.

Lorsque je poussai le battant de la porte, les pleurs cessèrent et j'entendis un autre bruit, le rassurant grincement du rocking-chair.

Maman était assise près de la fenêtre. Les rideaux n'étaient pas complètement tirés, et je compris, à l'expression de son visage, qu'elle nous avait observés par l'étroite fente entre les pans de tissu. Lorsque je pénétrai dans la pièce, elle se balança plus fort, me fixant sans ciller, une moitié du visage dans l'ombre, l'autre éclairé par la haute flamme d'une chandelle, plantée dans le chandelier de cuivre, au centre de la table.

— Quand on amène une invitée, les bonnes manières exigent qu'on la fasse entrer dans la maison, dit-elle d'une voix où se mêlaient la surprise et la désapprobation. Je pensais t'avoir donné une meilleure éducation.

— M. Gregory m'a demandé de te l'amener, expliquai-je. Elle s'appelle Alice, et elle a vécu en mauvaise compagnie. Il désire que tu lui parles, mais je pensais qu'il valait mieux te raconter d'abord ce qui s'est passé, pour que tu décides si tu souhaites ou non l'accueillir ici.

Tirant une chaise, je racontai tout à maman dans les moindres détails. Lorsque j'eus fini, elle poussa un long soupir, puis son visage s'éclaira d'un sourire :

— Tu as agi pour le mieux, mon fils. Tu es jeune, et tu débutes dans ce travail ; tes faux pas sont donc pardonnables. Va chercher cette pauvre fille, puis laisse-nous seules, que nous puissions parler. Tu monteras dire bonjour à ta nièce ; Ellie sera contente de te voir.

J'allai donc chercher Alice, la confiai à maman, et grimpai au second étage.

Je trouvai Ellie dans la grande chambre, qui était auparavant celle de mes parents. Jack et Ellie s'y étaient installés, car il y avait encore de la place pour d'autres lits, ce qui leur serait utile quand leur famille s'agrandirait.

Je frappai légèrement à la porte, qui était entrouverte, et ne la poussai que lorsque Ellie me pria d'entrer. Elle était assise au bord du lit et allaitait son bébé, dont la petite tête était à moitié cachée dans son châle rose. Dès qu'elle me vit, elle m'adressa un sourire de bienvenue ; cependant elle me parut fatiguée. Ses cheveux étaient gras et ternes. Je baissai rapidement le regard, mais Ellie était fine, et je compris qu'elle avait lu dans mes yeux. Elle repoussa vivement les mèches qui lui tombaient sur le front.

– Oh, Tom ! dit-elle. Je dois avoir une tête à faire peur ! J'ai été debout toute la nuit. À peine si j'ai pu dormir une heure ! C'est difficile d'avoir un peu de sommeil, avec un bébé aussi affamé. Elle pleure beaucoup, surtout la nuit.

– Quel âge a-t-elle ? demandai-je.

– Elle aura six jours ce soir. Elle est née samedi dernier, peu après minuit.

La nuit où j'avais tué Mère Malkin ! Ce souvenir

me revint brusquement, faisant courir un frisson glacé dans mon dos.

– Là ! Elle est repue, maintenant, fit Ellie en souriant. Tu veux la tenir ?

C'était la dernière chose que je désirais ! Ce nouveau-né me semblait si petit, si fragile, que je craignais de le serrer trop fort ou de le laisser tomber. Et je n'aimais pas la façon dont sa tête ballottait. Je ne pouvais pourtant pas refuser, cela aurait blessé Ellie. De toute façon, je n'eus pas à le tenir bien longtemps, car, à peine était-il dans mes bras que son petit visage devint tout rouge, et qu'il se remit à hurler.

– Je crois qu'il ne m'aime pas, dis-je.

– *Elle*, pas *il* ! me reprit Ellie presque sévèrement. Elle s'appelle Mary.

Puis elle sourit de nouveau :

– Ne t'inquiète pas ! Ce n'est pas à cause de toi. Elle a encore faim, voilà tout !

Je la reposai dans les bras de sa mère et ne m'attardai pas davantage. Comme je descendais l'escalier, j'entendis monter de la cuisine un bruit parfaitement inattendu.

C'était un rire, le rire éclatant et joyeux de deux personnes qui se trouvent bien ensemble. Lorsque j'entrai, Alice reprit son sérieux, mais maman continua de rire, et, quand elle se tut, sa bouche souriait encore. Elles avaient dû se raconter une bonne blague. Je n'eus pas envie de les questionner, et elles ne me donnèrent aucune explication. Une certaine lueur dans leurs yeux laissait entendre qu'il s'agissait d'une affaire privée.

Mon père m'avait dit un jour que les femmes savent des choses que les hommes ignorent. Elles ont parfois un drôle d'éclat dans le regard, et il vaut mieux ne pas leur demander alors à quoi elles pensent. Sinon, elles pourraient faire une réponse que vous n'aimeriez pas entendre. Quelle qu'ait été la raison de cette hilarité, elle les avait visiblement rapprochées, car à partir de ce moment on aurait cru qu'elles se connaissaient depuis toujours. L'Épouvanteur avait raison : si quelqu'un était capable de tirer quelque chose de cette fille, c'était maman.

Je notai cependant qu'elle lui donnait la chambre contiguë à celle où elle dormait avec papa, juste en haut de l'escalier. Maman avait l'oreille fine. Si Alice remuait dans son sommeil, elle l'entendrait.

Malgré leur complicité toute neuve, maman gardait donc un œil sur notre invitée.

En rentrant des champs, Jack grommela et me lança un regard noir. Il semblait furieux. Papa, lui, fut heureux de me voir et me serra la main, ce qui me surprit. Il serrait toujours la main de mes autres frères, quand ils revenaient à la maison, mais c'était la première fois qu'il le faisait pour moi. Il me traitait comme un adulte responsable de ses actes. J'en ressentis autant de fierté que de tristesse.

Jack n'était pas dans la cuisine depuis cinq minutes qu'il s'approcha de moi et dit en baissant la voix de sorte que personne n'entende :

– Allons dehors, j'ai à te parler.

Je le suivis dans la cour, et il me conduisit derrière la grange, près de la porcherie, là où on ne pouvait pas nous voir de la maison.

– Qui est cette fille qui t'accompagne ?

– Elle s'appelle Alice. Elle a besoin d'aide. L'Épouvanteur m'a demandé de l'amener chez nous pour que maman puisse lui parler.

– Qu'entends-tu par « besoin d'aide » ?

– Elle a vécu en mauvaise compagnie, c'est tout.

– Quel genre de compagnie ?

Je savais que ma réponse lui déplairait ; seulement, si je ne lui disais pas la vérité, il demanderait à maman.

– Sa tante est sorcière. Mais ne t'inquiète pas. L'Épouvanteur a fait ce qu'il fallait, et nous ne resterons que quelques jours.

Jack explosa de rage. Je ne l'avais jamais vu dans un état pareil.

– Tu es tombé sur la tête ? hurla-t-il. Ça t'arrive de réfléchir ? As-tu pensé au bébé ? Un nouveau-né innocent vit dans cette maison, et tu nous ramènes de la graine d'ensorceleuse ! Je n'y crois pas !

Il leva le poing, et je crus qu'il allait m'assommer. Au lieu de ça, il l'abattit violemment contre le mur de la grange, semant la panique chez les cochons.

– Maman est d'accord, protestai-je.

– Forcément, maman est d'accord ! Maman ne peut rien refuser à son fils préféré, reprit-il un ton plus bas, mais d'une voix toujours vibrante de colère. Elle a trop bon cœur, tu le sais, et tu t'es empressé d'en profiter. Alors, écoute-moi bien : s'il arrive quoi que ce soit, c'est à moi que tu auras affaire ! Je n'aime pas l'allure de cette fille, elle a quelque chose de fourbe. Je vais la surveiller de près et, au premier faux pas, je vous flanque tous les deux à la porte avant que vous ayez eu le temps de dire ouf ! Et vous ferez en sorte de gagner votre pitance tant que vous resterez ici. La gamine déchargera maman du ménage, et toi, tu nous donneras un coup de main.

Il me planta là, puis se retourna pour me lancer, sarcastique :

– Pris par tes importantes responsabilités, tu n'as probablement pas remarqué combien papa a l'air fatigué. Le travail de la ferme lui est de plus en plus pénible.

– Je vous aiderai ! promis-je. Et Alice aussi !

À part maman, chacun resta silencieux le temps du souper, sans doute à cause de la présence d'une étrangère à notre table. Jack, qui avait trop d'éducation pour protester ouvertement, lançait à Alice des regards lourds de sous-entendus. Heureusement, maman se montrait aimable et animée pour toute la tablée.

Ellie dut se lever deux fois pour monter s'occuper de Mary, qui hurlait à faire trembler les murs. La seconde fois, elle la ramena avec elle.

– Je n'ai jamais vu une brailleuse pareille, dit maman en souriant. Au moins, elle a des poumons vigoureux !

Je n'aurais jamais osé en faire la remarque à Ellie, mais, avec son visage rouge et chiffonné, ce bébé n'était pas des plus jolis. On aurait dit une petite vieille en colère.

Elle cessa soudain de hurler, ses yeux bleus grands ouverts fixant le centre de la table, là où était assise Alice, juste devant le chandelier de cuivre. Je la crus simplement fascinée par la flamme de la chandelle. Or, plus tard, tandis qu'Alice allait et venait pour débarrasser la table, la petite ne la quitta pas des yeux. Alors, malgré la chaleur qui régnait dans la cuisine, je frissonnai.

L'heure du coucher venue, je montai à mon ancienne chambre, m'assis dans le fauteuil d'osier, près de la fenêtre, pour regarder dehors, et il me sembla que je n'avais jamais quitté la maison.

Tout en contemplant la colline du Pendu, je m'interrogeais sur l'étrange intérêt de Mary pour Alice. En me rappelant les paroles d'Ellie, je frissonnai de nouveau. La petite était née la nuit de la pleine lune, peu après minuit. Ce ne pouvait être une simple coïncidence. À l'heure où elle venait au monde, la rivière avait emporté Mère Malkin. L'Épouvanteur m'avait averti du possible retour de la sorcière. Et si elle était revenue plus tôt qu'il ne le pensait ? Si elle était devenue une *verme* ? Si elle s'était échappée de sa carcasse et que son esprit avait pris possession du bébé d'Ellie à l'instant même de sa naissance ?

Je ne fermai pas l'œil de la nuit. Je ne pouvais faire part de mes craintes qu'à une seule personne. C'était maman. Mais comment lui parler seul à seule sans attirer l'attention ?

Maman passait des heures à cuisiner et à s'occuper du ménage. En temps ordinaire, j'aurais donc pu aisément la retrouver, car je ne travaillais pas loin, Jack m'ayant donné pour tâche de réparer la façade de la grange. Le problème, c'était Alice. Maman la garda près d'elle toute la journée, la faisant trimer dur. Malgré son visage en sueur et les plis d'effort sillonnant son front, Alice ne se plaignit jamais.

Après le souper, une fois les bruits de vaisselle apaisés, je saisis enfin ma chance. Papa était parti le matin même à Topley pour le grand marché de printemps. Tout en y vendant ses produits, il retrouverait quelques vieux amis. Il serait absent deux ou trois jours. Ce bref congé lui ferait du bien, car, Jack avait raison, il paraissait bien fatigué.

Maman venait d'envoyer Alice se coucher ; Jack se reposait dans la pièce de devant ; Ellie était en haut, essayant de prendre une heure de sommeil avant que le bébé réclame à téter. J'en profitai pour confier mes inquiétudes à maman. Elle se balançait dans son rocking-chair, mais, dès que je prononçai ma première phrase, le siège s'immobilisa. Elle m'écouta avec attention, son visage restant si lisse et si paisible qu'il me fut impossible de deviner ses pensées. À peine avais-je terminé qu'elle sautait sur ses pieds.

– Attends-moi ici ! m'ordonna-t-elle. Il nous faut tirer cela au clair une fois pour toutes.

Elle quitta la cuisine et monta dans les étages. Elle redescendit portant le bébé enveloppé dans un châle d'Ellie.

– Prends la chandelle ! dit-elle en se dirigeant vers la porte.

Nous sortîmes dans la cour. Maman marchait vite, du pas de celle qui sait exactement où elle va et ce qu'elle a à faire. Elle m'entraîna de l'autre côté de l'étable, sur la berge boueuse de notre étang, assez grand et assez profond pour que nos vaches s'y abreuvent même par l'été le plus sec.

— Lève la chandelle et éclaire-moi ! Je ne veux pas avoir le moindre doute.

Je la regardai avec horreur étendre les bras et tenir le bébé au-dessus de l'eau noire.

— Si elle flotte, reprit-elle, la sorcière est en elle. Si elle coule, elle est innocente. Voyons cela...

Les mots furent plus rapides que ma pensée.

— Non ! criai-je. Ne fais pas cela, je t'en prie ! C'est le bébé d'Ellie !

Un instant, je crus qu'elle allait lâcher le nourrisson. Puis elle serra la petite contre elle et lui embrassa doucement le front.

— Oui, mon fils, c'est le bébé d'Ellie. Ne suffit-il pas de la regarder pour en être sûr ? De toute façon, l'épreuve de l'eau a été inventée par des imbéciles et ne signifie rien. On lie habituellement les mains et les pieds de la malheureuse victime avant de la jeter en eau profonde. Qu'elle coule ou qu'elle flotte est une question de chance. Ça dépend de la densité de son corps, et ça n'a rien à voir avec la sorcellerie.

Maman secoua la tête en souriant et m'expliqua :

— Un nouveau-né ne voit pas encore les choses clairement. C'est probablement la flamme de la chandelle qui attirait son attention. Alice était assise juste devant, souviens-toi. Ensuite, chaque fois qu'elle se déplaçait, les yeux de Mary percevaient les changements de lumière. Il n'y a rien d'inquiétant là-dedans.

– Mais si elle est possédée, malgré tout ? insistai-je. S'il y a en elle un esprit mauvais invisible ?

– Écoute, mon fils ! J'ai souvent été confrontée au bien et au mal dans ce monde, et je reconnais le mal au premier coup d'œil. Il n'y a rien de malfaisant dans cette enfant, rien dont il faille s'inquiéter. Rien du tout.

– C'est tout de même étrange que le bébé d'Ellie soit né au moment où Mère Malkin mourait !

– Pas vraiment. C'est le cours normal de la vie. Parfois, quand une chose mauvaise quitte cette Terre, une bonne y entre à la place. Je l'ai constaté à maintes occasions.

Je compris alors que maman n'avait jamais eu l'intention de jeter le bébé à l'eau. Elle avait seulement voulu réveiller mon bon sens. Mais, tandis que nous traversions la cour dans l'autre sens, mes genoux en tremblaient encore de frayeur. C'est en arrivant devant la porte de la cuisine qu'une autre question me revint en mémoire :

– M. Gregory m'a donné un petit livre sur la possession. Il m'a recommandé de le lire attentivement. Le problème, c'est qu'il est écrit en latin, et je n'ai eu que trois leçons !

– Ce n'est pas la langue que je parle le mieux, dit maman en s'arrêtant sur le seuil. Je verrai ce que je peux faire, seulement tu devras patienter jusqu'à mon retour. Je m'attends à être appelée, cette nuit.

Pourquoi ne demandes-tu pas à Alice ? Elle pourrait peut-être t'aider.

Maman avait raison. Une carriole tirée par des chevaux écumants vint la chercher juste après minuit. La femme d'un fermier était en train d'accoucher, et le travail durait déjà depuis plus de vingt-quatre heures. C'était loin, à environ trente milles au sud. Maman serait donc absente deux ou trois jours.

Je n'avais guère envie de solliciter l'aide d'Alice. Je savais que l'Épouvanteur n'aurait pas été d'accord. Ce livre provenait de sa bibliothèque, et la seule idée qu'Alice puisse le toucher lui aurait déplu. Il le fallait, pourtant. Depuis mon retour, je ne cessais de penser à Mère Malkin. Je n'arrivais pas à me l'enlever de la tête ! C'était une impression, un pressentiment ; je la sentais rôder là, quelque part dans le noir, se rapprochant nuit après nuit.

Le lendemain soir, après que Jack et Ellie furent allés se coucher, je frappai doucement à la porte d'Alice. Je n'avais pas pu m'adresser à elle de toute la journée, car elle était sans cesse occupée. De plus, si mon frère ou Ellie avaient entendu, ils n'auraient pas aimé ça, surtout Jack, qui avait tant de préventions contre le métier d'épouvanteur.

Je dus frapper une seconde fois avant qu'Alice ouvre sa porte. J'avais craint qu'elle soit déjà endormie, or elle ne s'était même pas déshabillée, et je ne pus m'empêcher de fixer ses souliers pointus. Une chandelle était posée sur la table de toilette, face au miroir. Elle venait juste d'être soufflée, la mèche fumait encore.

– Puis-je entrer ? demandai-je, levant mon propre chandelier de manière à éclairer le visage d'Alice. J'ai un service à te demander.

Elle acquiesça, s'écarta pour me laisser passer et referma la porte.

– J'ai besoin de lire un livre en latin. Maman m'a dit que tu pourrais m'aider.

– Où est-il ?

– Dans ma poche. C'est un petit livre. Pour quelqu'un qui sait cette langue, il ne doit pas être long à déchiffrer.

Alice lâcha un profond soupir et protesta d'un ton las :

– Tu trouves que je n'ai pas assez de travail ? C'est un livre sur quoi ?

– La possession. M. Gregory pense que Mère Malkin pourrait revenir se venger de moi, et qu'elle utiliserait la possession.

– Montre-moi, dit-elle en tendant la main.

Je posai mon chandelier près du sien et lui tendis le mince ouvrage. Elle le feuilleta sans un mot.

– Tu peux le lire ?

– Pourquoi pas ? Lizzie connaît parfaitement le latin et elle me l'a enseigné.

– Alors, tu peux m'aider ?

Au lieu de répondre, elle approcha le livre de son visage et le renifla bruyamment :

– Tu crois que c'est intéressant ? C'est écrit par un prêtre. Ils n'y connaissent généralement pas grand-chose.

– M. Gregory en parle comme d'un « ouvrage définitif ». Autrement dit, c'est le meilleur livre sur le sujet.

Elle releva les yeux, et je fus surpris de lui voir un regard plein de colère.

– Je sais ce que signifie « définitif ». Tu me prends pour une idiote, ou quoi ? J'ai étudié pendant des années, tandis que, toi, tu viens à peine de commencer. Lizzie avait des quantités de livres. Ils ont brûlé. Ils sont réduits en cendres, maintenant.

Je marmonnai une vague excuse, et elle me sourit.

– Le problème, poursuivit-elle d'une voix adoucie, c'est que cette lecture va prendre du temps, et je suis trop fatiguée pour m'y mettre tout de suite. Demain, ta mère sera encore absente, et j'aurai plus de travail que jamais. Ta belle-sœur a promis de me donner un coup de main, mais le bébé l'accapare. Le ménage et la cuisine m'occuperont toute la journée. Sauf si tu es prêt à m'aider...

Je ne savais pas quoi répondre. Jack comptait sur moi, je n'avais donc guère de liberté. Et les hommes ne se mêlaient jamais des tâches ménagères, ni chez nous, ni dans le reste du comté. Les hommes travaillaient à la ferme, dehors, qu'il pleuve ou qu'il vente, et, quand ils rentraient, un repas chaud les attendait sur la table. Le seul jour de l'année où nous faisions la vaisselle, c'était Noël, pour offrir un petit plaisir à maman.

On aurait pu croire qu'Alice lisait dans mes pensées, car son sourire s'élargit :

– Ce ne devrait pas être trop difficile. Les femmes aident bien à la moisson. Pourquoi les hommes n'aideraient-ils pas à la cuisine ? Tu n'auras qu'à laver la vaisselle et récurer quelques casseroles avant que je prépare le repas, c'est tout.

J'acceptai ses conditions, c'était ça ou rien. J'espérais seulement que Jack ne me surprendrait pas les mains dans l'eau de vaisselle. Il ne comprendrait pas.

Je me levai encore plus tôt que d'ordinaire, et réussis à venir à bout des casseroles avant que Jack descende. Je fis durer ensuite le petit déjeuner aussi longtemps que possible, mangeant très lentement, ce qui n'était pas dans mes habitudes et me valut un regard soupçonneux de mon frère. Après qu'il fut parti aux champs, je lavai rapidement les bols et les assiettes et les essuyai.

J'aurais dû prévoir ce qui arriverait, car Jack n'était guère patient.

Il retourna dans la cour, jurant et tempêtant, et me vit par la fenêtre. Son visage se tordit d'incrédulité. Il cracha par terre, s'avança et ouvrit à la volée la porte de la cuisine.

– Quand tu auras fini, fit-il, sarcastique, il y a du travail d'homme, dehors. Tu commenceras par vérifier l'enclos des cochons et faire les réparations. Groin-Groin vient demain. On en a cinq à tuer, et je n'ai pas l'intention de perdre du temps à courir après des bêtes en fuite !

Groin-Groin était le surnom que nous donnions au charcutier. Jack avait raison, les cochons étaient parfois pris de panique quand Groin-Groin se mettait au travail, et, si la palissade de l'enclos avait la moindre fragilité, ils en profiteraient à coup sûr.

Jack s'éloigna à grands pas. Soudain, il poussa un nouveau juron. Je courus à la porte pour voir ce qui s'était passé. Il avait marché sur un gros crapaud, le réduisant en bouillie. Tuer une grenouille ou un crapaud est supposé porter malheur, et mon frère lâcha un chapelet d'injures, ses noirs sourcils froncés formant une ligne broussailleuse sur son front. D'un coup de pied, il fit valser le crapaud mort sous la gouttière et repartit en secouant la tête. Je me demandai ce qu'il avait. Il n'était pas aussi irritable, d'habitude.

Je finis d'essuyer la vaisselle. Puisqu'il m'avait surpris, autant en finir avec cette tâche. De plus, les

220

cochons puaient, et je n'étais pas pressé d'aller m'occuper de leur enclos.

– N'oublie pas le livre ! rappelai-je à Alice au moment où je sortais.

Elle m'adressa en réponse un sourire indéchiffrable.

Je ne pus parler avec Alice en tête à tête que tard dans la nuit, une fois Jack et Ellie couchés. Je pensais lui rendre visite dans sa chambre, mais c'est elle qui vint me rejoindre à la cuisine, apportant le livre. Elle s'assit dans le rocking-chair de maman, près de l'âtre où rougeoyaient des braises.

– Tu as fait du bon travail, avec ces casseroles. Tu dois avoir une envie folle de savoir ce qui est écrit là-dedans, dit-elle en tapotant le dos du livre.

– Si *elle* réapparaît, je veux être prêt. L'Épouvanteur dit qu'elle deviendra probablement une *verme*. Tu as entendu parler de ça ?

Les yeux d'Alice s'agrandirent et elle hocha la tête.

– Alors, si quoi que ce soit dans ce livre peut m'aider, il faut que je le sache.

– Ce prêtre n'est pas comme les autres, dit Alice en me tendant le volume. Il connaît son affaire, c'est sûr. Ça intéresserait beaucoup Lizzie. On y trouve mieux que les gâteaux de minuit !

J'empochai le livre et tirai un tabouret devant l'âtre, fixant ce qui restait du feu. Puis je questionnai

Alice. D'abord, ce fut difficile, car elle était plutôt réticente. Et ce que je réussis à tirer d'elle ne fit que m'angoisser davantage.

Je commençai par l'étrange titre : *Les Damnés, les Déséquilibrés, les Désespérés*. Qu'est-ce que ça signifiait ?

– Le premier mot est du langage de prêtre, dit Alice avec une moue désapprobatrice. On l'emploie pour désigner les gens qui pensent autrement ; les gens comme ta mère, qui ne vont pas à l'église et ne disent pas les bonnes prières ; les gens différents, les gauchers.

Elle me lança un sourire de connivence et continua :

– Le deuxième mot est plus simple : celui qui vient d'être possédé est en rupture d'équilibre. Il n'arrête pas de trébucher. Il faut du temps, vois-tu, pour que l'être qui le possède s'installe confortablement. C'est comme s'il enfilait une paire de chaussures neuves. Alors, il s'agite, et ça met le possédé de mauvaise humeur. Quelqu'un d'habituellement calme et mesuré peut se mettre soudain à frapper sans raison. Le troisième mot est facile à comprendre. Une sorcière qui a eu un corps en bonne santé tente désespérément d'en trouver un autre. Et, quand elle y réussit, elle tente désespérément d'y rester. Elle ne lâche pas prise sans livrer un dur combat. Elle est prête à tout ! À n'importe quoi ! C'est pourquoi ces possédés-là sont si dangereux.

– Si elle vient ici sous forme de *verme*, demandai-je, qui tentera-t-elle de posséder ? Moi ? Est-ce à moi qu'elle voudra nuire ?

– Si elle peut ! Toutefois, elle aura du mal, étant donné ce que tu es. Elle aimerait aussi se servir de moi, mais je ne lui accorderai pas cette chance. Non, elle s'attaquera au moins résistant. C'est plus facile.

– Le bébé d'Ellie ?

– Non, elle ne pourrait pas se servir de lui. Elle devrait attendre qu'il grandisse. Mère Malkin n'a jamais été patiente, et son emprisonnement dans le puits du vieux Gregory ne l'a pas améliorée. Si c'est à toi qu'elle veut s'attaquer, elle va se trouver d'abord un corps robuste et en bonne santé.

– Ellie ? Elle va choisir Ellie !

Alice secoua la tête d'un air incrédule :

– Tu ne comprends donc rien ? Ellie est forte. Elle ne se laissera pas faire. Non, il est plus facile de s'attaquer à un homme, particulièrement à celui qui laisse ses émotions diriger sa tête, à celui qui pique une colère avant de réfléchir.

– Jack ?

– Jack, bien sûr ! Imagine ce que ça serait d'avoir Jack, ce costaud, à tes trousses ! Mais le livre a raison sur un point : il est plus aisé de lutter contre un possédé de fraîche date, tant qu'il est encore un Déséquilibré.

Je pris mon cahier et notai tout ce qui me paraissait utile. Alice ne parlait pas aussi vite que l'Épouvanteur, mais, au bout d'un moment, elle se laissa emporter par son sujet, et je ne tardai pas à avoir des crampes dans le poignet. Elle en vint au point le plus important : comment s'y prendre avec un possédé ? Il faut savoir que l'âme originelle de la victime reste enfermée dans son corps. Donc, si l'on blesse ce corps, on blesse une âme innocente. Tuer le possédé pour se débarrasser de ce qui le possède, c'est commettre un meurtre.

En fait, ce chapitre du livre était décevant : il ne proposait guère de solution. L'auteur, en tant que prêtre, pensait qu'un exorcisme, avec bougies et eau bénite, était le moyen le plus efficace d'extirper l'esprit mauvais de sa victime ; il reconnaissait cependant que tous les prêtres n'en étaient pas capables, et que bien peu savaient le pratiquer. Il me sembla comprendre que ceux qui y réussissaient étaient les septièmes fils d'un septième fils, et que cela seul comptait.

Ensuite, Alice déclara qu'elle était fatiguée et elle monta se coucher. J'avais sommeil, moi aussi. J'avais oublié combien le travail de la ferme était harassant, j'avais mal partout. Une fois dans ma chambre, je m'écroulai sur mon lit avec soulagement. Je ne désirais qu'une chose : dormir.

Soudain, dans la cour, les chiens se mirent à aboyer.

Me demandant ce qui pouvait les alarmer ainsi, j'ouvris la fenêtre et regardai du côté de la colline du Pendu. Je ne remarquai rien de particulier. J'inspirai profondément l'air frais de la nuit pour m'éclaircir les idées. Les chiens se calmèrent peu à peu et finirent par se taire.

À l'instant où je fermais la fenêtre, les nuages s'écartèrent, et la lumière de la lune me révéla la vérité. Ce n'était pourtant pas la pleine lune, rien qu'un maigre croissant rétréci, mais il me montra quelque chose que je n'aurais pas pu voir autrement. À sa clarté, je distinguai une traînée argentée qui serpentait depuis le sommet de la colline du Pendu. Elle passait sous la clôture, traversait la pâture, au nord, et virait vers l'est par les prairies avant de disparaître derrière la grange.

J'avais vu une trace argentée la nuit où j'avais rejeté Mère Malkin dans la rivière. Celle-ci lui ressemblait exactement, et elle venait vers moi !

Le cœur battant à grands coups, je descendis l'escalier sur la pointe des pieds et me glissai dehors par la porte de la cour, la refermant soigneusement derrière moi.

Un nuage cachait de nouveau la lune ; aussi, quand je dépassai la grange, la traînée argentée n'était plus visible. Il était cependant évident que quelque chose était descendu de la colline, se dirigeant vers notre ferme. L'herbe était couchée comme si un énorme escargot avait rampé dessus.

J'attendis que la lune réapparaisse pour examiner les alentours de la grange. Un instant plus tard, le nuage s'écartait, et ce que je vis me terrifia. La traînée se remit à luire, et la direction qu'elle avait prise ne laissait aucun doute : elle évitait la porcherie, contournait la grange en décrivant un large arc de cercle pour atteindre le fond de la cour. Puis elle remontait vers la maison, droit sous la fenêtre d'Alice, là où une vieille trappe de bois recouvrait des marches menant à la cave.

Quelques générations plus tôt, le fermier qui vivait là brassait la bière, dont il fournissait les fermes des environs et même quelques auberges. C'est pourquoi les gens du pays appelait encore notre domaine la Brasserie. Cet escalier extérieur permettait de sortir les tonneaux sans avoir à traverser la cuisine.

La trappe était toujours en place, ses panneaux fermés par un gros cadenas rouillé. Mais il y avait un interstice entre les deux planches, un espace pas plus large que mon pouce, et la traînée argentée s'arrêtait devant.

Mère Malkin était de retour, elle était devenue une *verme*, un être assez lisse et assez souple pour se glisser par la fente la plus étroite.

Elle était déjà dans la cave.

Nous ne l'utilisions plus, à présent, mais je m'en souvenais assez bien. Le sol était en terre battue, et de vieux tonneaux s'y entassaient. La maison était bâtie en briques creuses, ce qui signifiait que la sorcière se trouverait bientôt n'importe où dans l'épaisseur des murs, n'importe où dans la maison.

En levant les yeux, je vis vaciller la flamme d'une chandelle derrière la fenêtre d'Alice. Elle n'était pas couchée. Je rentrai, et, une minute après, j'étais devant sa porte. Il me fallait maintenant la prévenir de ma présence sans éveiller personne. Mais, au moment où, les doigts repliés, je m'apprêtai à frapper, un murmure s'éleva dans la chambre.

C'était la voix d'Alice. Elle semblait converser avec quelqu'un.

Cela ne me plut pas, néanmoins je toquai à la porte. J'attendis quelques instants, et, comme elle ne venait pas ouvrir, j'appuyai mon oreille contre le battant. À qui pouvait-elle bien parler ? Je savais qu'Ellie et Jack étaient déjà au lit. De plus, je ne distinguais qu'une seule voix, celle d'Alice ; sauf qu'elle me paraissait différente et me rappelait quelque chose que j'avais déjà entendu. Lorsque le souvenir me revint, je bondis en arrière comme si le bois m'avait brûlé.

La voix d'Alice montait et descendait, exactement comme celle de Lizzie l'Osseuse quand elle se penchait au-dessus de ma fosse, tenant un os blanchi dans chaque main.

Sans réfléchir, je saisis la poignée, la tournai et ouvrai la porte en grand.

Alice, assise au bord d'une chaise à haut dossier, se regardait dans le miroir de la table de toilette, par-dessus la flamme d'une chandelle. Prenant une grande inspiration, je m'avançai subrepticement pour mieux voir.

On était encore au printemps, et après la tombée du jour il faisait frais dans les chambres. Or de grosses gouttes de sueur perlaient au front d'Alice. Je vis deux d'entre elles se rejoindre, couler le long de son œil gauche, puis sur sa joue, comme une larme. Elle fixait le miroir, les yeux écarquillés. Quand je prononçai son nom, elle ne cilla même pas.

Je vins me placer derrière la chaise et vis le reflet du chandelier de cuivre. Je découvris alors avec horreur que le visage réfléchi par le miroir n'était pas celui d'Alice !

C'était une vieille face émaciée, ravinée, un rideau de cheveux gris et rêches retombant de chaque côté des joues creuses, la face d'un être longtemps resté emprisonné dans la terre humide...

Les yeux bougèrent, se tournant de côté pour rencontrer les miens ; deux braises rougeoyantes. Malgré le sourire qui s'étirait sur ce visage, les yeux brûlaient de haine et de colère. Il n'y avait pas le moindre doute : ce visage était celui de Mère Malkin.

Que se passait-il ? Alice était-elle déjà possédée ? Ou bien utilisait-elle le miroir pour parler à la sorcière ?

D'un geste instinctif, j'attrapai le chandelier et frappai de sa lourde base le miroir, qui explosa avec fracas. Les morceaux de verre dégringolèrent en pluie scintillante sur le plancher. Au moment où le miroir se brisa, Alice hurla.

Ce fut le cri le plus effroyable qu'on puisse imaginer, un cri déchirant. Les cochons crient ainsi quand on les égorge. Mais je n'avais pas le moindre remords, bien qu'Alice se soit mise à sangloter en s'arrachant les cheveux et en roulant des yeux pleins de terreur.

La maison retentit aussitôt de bruits divers. D'abord, la petite Mary commença à pleurer. J'entendis ensuite une voix d'homme jurant et rageant, puis un martèlement de bottes descendant les escaliers.

Jack fit irruption dans la chambre. Il avisa le miroir brisé et fonça sur moi, le poing levé. Il devait penser que tout était ma faute, étant donné qu'Alice ne cessait pas de sangloter, que je tenais toujours le chandelier et que ma main saignait à cause des petites coupures dues aux débris de verre.

Ellie arriva juste à temps, portant le bébé, qui braillait à pleins poumons. De sa main libre, elle agrippa Jack et ne le lâcha que lorsqu'il eut baissé le bras et desserré le poing.

– Non, Jack ! suppliait-elle. Ça n'arrangera rien !

– Je ne peux pas croire que tu aies fait une chose pareille, gronda mon frère en me foudroyant du regard. Un miroir aussi ancien ! Que va dire papa quand il va voir ça ?

Jack avait des raisons d'être en colère. Non seulement tout le monde avait été réveillé, mais cette table de toilette avait appartenu à la mère de papa. Maintenant qu'il m'avait fait cadeau de son briquet à amadou, c'était le dernier objet qui lui restait de sa famille.

Mon frère avança d'un pas. La chandelle ne s'était pas éteinte quand j'avais brisé le miroir, et la flamme vacilla quand il vociféra :

– Pourquoi as-tu brisé ce miroir ? Qu'est-ce qui t'est passé par la tête ?

Qu'aurais-je pu dire ? Je haussai les épaules en fixant le bout de mes bottes.

– Que fais-tu dans cette chambre, d'ailleurs ? insista-t-il.

Je ne répondis pas. Des explications n'auraient servi qu'à envenimer les choses.

– Retourne dans ta chambre, et n'en sors plus !

rugit-il. J'ai bien envie de vous prier tous les deux de faire votre baluchon !

Je jetais un coup d'œil à Alice. Elle était toujours assise sur la chaise, la tête dans les mains. Elle avait cessé de pleurer, mais elle tremblait de la tête aux pieds. Lorsque j'osai relever les yeux, je vis que la colère de Jack s'était muée en inquiétude : Ellie s'était mise à tituber. Avant que mon frère ait pu la rattraper, elle perdit l'équilibre et dut s'appuyer contre le mur. Jack oublia le miroir pour s'occuper de sa femme.

— Je ne sais pas ce qui m'est arrivé, fit-elle, complètement chamboulée. J'ai été prise de vertige, d'un coup. Oh, Jack ! Jack ! J'ai failli lâcher la petite !

— Mais tu ne l'as pas lâchée, tout va bien ! Tiens, donne-la-moi...!

Dès qu'il eut le bébé dans les bras, Jack se calma.

— On en reparlera demain matin, me lança-t-il. Pour l'instant, contente-toi de balayer ce bazar !

Ellie s'approcha et posa la main sur l'épaule d'Alice :

— Allons en bas pendant que Tom nettoie. Je vais nous préparer une boisson chaude.

Ils descendirent tous à la cuisine, me laissant ramasser les débris de verre. Dix minutes plus tard, je descendis à mon tour chercher une pelle et une balayette. Ils étaient assis autour de la table, à siroter une tisane. Mary s'était rendormie dans les bras de sa mère. Ils parlaient entre eux, et personne ne m'offrit une tasse. On ne m'accorda pas même un regard.

Je remontai à l'étage et balayai de mon mieux. Après quoi, je retournai dans ma chambre. Je m'assis au bord du lit et regardai par la fenêtre. J'avais peur, et je me sentais très seul. Alice était-elle déjà possédée ? En ce cas, nous étions tous en danger. Elle attendrait que chacun soit endormi. Elle s'attaquerait d'abord à moi. Ou au bébé. Oui, le sang d'un bébé décuplerait ses forces.

Mais peut-être avais-je brisé le miroir à temps ? Peut-être avais-je détruit le sort à l'instant où Mère Malkin s'apprêtait à posséder Alice ? À moins que celle-ci ne se soit servie du miroir que pour parler avec la sorcière. Ce qui ne vaudrait guère mieux : j'aurais en ce cas deux ennemies au lieu d'une.

Tandis que je restais là, fébrile, tâchant de mettre un peu d'ordre dans mes idées, on frappa à ma porte. Je crus que c'était Alice et je ne bougeai pas. Puis on m'appela à voix basse. C'était Ellie. J'allai lui ouvrir.

– Pouvons-nous parler ici ? demanda-t-elle. J'ai réussi à rendormir la petite, je ne veux pas risquer de la réveiller encore.

J'acquiesçai, et elle entra, refermant doucement la porte derrière elle.

– Ça va ? s'enquit-elle avec sollicitude.

Je hochai piteusement la tête, incapable de croiser son regard.

– Veux-tu me raconter ce qui s'est passé ? Tu es un garçon sensé, Tom, et tu as sûrement eu une bonne raison d'agir ainsi. En parler te fera du bien.

Comment aurais-je pu lui dire la vérité ? Pouvais-je révéler à une jeune mère qu'une sorcière ayant un goût prononcé pour le sang des nouveau-nés se promenait en liberté dans la maison ? Puis je réalisai que, pour la sécurité de son enfant, je lui devais une partie de la vérité, aussi angoissante fût-elle. Il fallait éloigner Ellie et Mary d'ici.

– Je le voudrais bien, Ellie. Mais je ne sais pas par quoi commencer.

– Par le commencement ! Ce serait le plus simple, non ? fit-elle en souriant.

– Quelque chose m'a suivi jusqu'ici, dis-je en la fixant dans les yeux, une créature malfaisante qui veut s'en prendre à moi. Alice était en train de lui parler par l'intermédiaire du miroir, c'est pourquoi je l'ai brisé, et...

Un éclair de colère s'alluma dans le regard d'Ellie :

– Raconte ça à Jack, et tu peux être sûr de prendre son poing dans la figure ! Tu prétends avoir ramené je ne sais quoi d'immonde dans une maison où un bébé vient de naître ? Comment as-tu osé ?

— J'ignorais ce qui arriverait ! protestai-je. Je ne l'ai découvert que cette nuit. C'est pourquoi je t'avertis. Il faut que tu quittes cette maison et que tu mettes la petite en sûreté. Partez tout de suite, avant qu'il soit trop tard !

— Quoi ? Maintenant ?

J'approuvai d'un signe.

Ellie secoua la tête :

— Jack ne le voudra pas. Il n'acceptera jamais d'être chassé de sa propre maison au beau milieu de la nuit. Par aucune créature. Non, j'attendrai. Je vais rester ici, et je vais dire des prières. Ma mère m'a appris cela. Elle m'a enseigné que, si tu pries de toute ton âme, aucune puissance des ténèbres ne pourra te faire du mal. Et je le crois. De plus, tu peux te tromper, Tom. Tu es jeune, et tu débutes dans ce métier. La situation n'est peut-être pas aussi dramatique que tu le penses. Et ta mère sera bientôt de retour. Si ce n'est pas cette nuit, ce sera la prochaine. Elle saura prendre la bonne décision. En attendant, évite cette fille. Elle me paraît fourbe.

J'ouvrais la bouche pour la persuader de s'éloigner de là quand je la vis pâlir. Elle vacilla et s'appuya d'une main contre le mur pour ne pas tomber.

— Oh, Tom ! gémit-elle. Tout ceci me rend malade.

Elle s'assit sur mon lit, le visage dans les mains. Je baissai le nez, contrit, ne sachant que faire ni que dire.

Au bout d'un moment, elle se releva :

– Nous parlerons à ta mère dès qu'elle sera là. Mais souviens-toi : ne t'approche pas d'Alice jusqu'à son retour ! Tu me le promets ?

Je promis. Ellie m'adressa un sourire plein de tristesse et retourna dans sa chambre.

Ce n'est qu'après son départ que la chose me frappa.

À deux reprises, Ellie avait eu un étourdissement. Une fois, cela pouvait être dû à la fatigue ; mais deux ? Elle perdait l'équilibre. Ellie était *déséquilibrée*, et c'était le premier signe de possession !

J'arpentai nerveusement la pièce, essayant de me convaincre que je me trompais. Non, pas Ellie ! Ellie ne pouvait pas être possédée ! Elle était fatiguée, voilà tout. Elle manquait de sommeil à cause du bébé. Elle aussi avait grandi dans une ferme ; elle était robuste, pleine de santé. Et elle avait parlé de réciter des prières.

Oui, mais... si elle avait dit ça pour détourner mes soupçons ?

Cependant, Alice avait prétendu qu'Ellie serait difficile à posséder. Elle pensait que la victime serait plutôt Jack. Et lui, il n'avait donné aucun signe de déséquilibre. Quoique... Il ne s'était jamais montré aussi hargneux, aussi agressif. Cette nuit, si Ellie ne l'avait pas retenu, il m'aurait fait sauter la tête d'un coup de poing !

Seulement, si Alice était complice de Mère Malkin, toutes ses déclarations étaient destinées à m'abuser. Je ne pouvais même pas m'appuyer sur son compte rendu du livre de l'Épouvanteur ; elle avait pu me mentir tout du long. Ne comprenant pas le latin, j'étais incapable de vérifier ses dires. L'attaque pouvait se produire n'importe quand, et je n'avais aucun moyen de prévoir de qui elle viendrait.

Avec un peu de chance, maman serait de retour avant l'aube ; elle saurait quoi faire. Mais l'aube était encore loin, je n'avais pas le droit de dormir. Je devais rester éveillé. Si Jack ou Ellie étaient possédés, ça dépassait mes compétences. Il ne me restait donc qu'à garder un œil sur Alice.

Je sortis et m'assis sur une marche, en haut de l'escalier, entre ma porte et celle de la chambre de Jack et d'Ellie. De là, je surveillais la porte d'Alice, à l'étage en dessous. Si elle quittait sa chambre, j'aurais au moins la possibilité de donner l'alerte.

Je décidai de partir dès les premières lueurs du jour au cas où maman ne rentrerait pas. En dehors d'elle, une seule personne était en mesure de sauver la situation...

Ce fut une bien longue nuit. Je sursautais au moindre bruit – craquement dans l'escalier, grincement de plancher dans une chambre. Peu à peu, je réussis à me calmer. La maison était vieille, et j'étais habitué à entendre ses manifestations nocturnes, dues aux changements de température. Cependant, à l'approche de l'aube, un malaise insidieux m'envahit.

Je perçus d'abord d'infimes grattements dans l'épaisseur des murs. On aurait dit des ongles minuscules griffant la brique. Et ça se déplaçait. Ça venait parfois d'en haut, à gauche des escaliers, parfois d'en bas, du côté de la chambre d'Alice. C'était si léger que je me demandai si ce n'était pas simplement le fruit de mon imagination. Puis je sentis le froid ; le genre de froid annonçant que le danger est proche.

Les chiens commencèrent à aboyer, et, en quelques minutes, tous les animaux de la ferme furent en émoi. Nos cochons couinaient comme si on allait les égorger. Et, pour couronner le tout, le vacarme réveilla le bébé, qui se remit à brailler.

J'avais maintenant si froid que tout mon corps grelottait.

Au bord de la rivière, lorsque je m'étais trouvé face à la sorcière, mes mains avaient su quel geste faire. Cette fois, ce furent mes jambes qui se montrèrent plus rapides que ma pensée. Pris de panique, le cœur battant à tout rompre, je dégringolai les escaliers, et tant pis pour le bruit ! Je n'avais qu'une idée en tête : fuir, échapper à la sorcière. Plus rien d'autre ne comptait. Tout mon courage m'avait abandonné.

13

Les cochons

J e quittai la maison en courant et fonçai vers la
colline du Pendu, la peur au ventre. Je ne ralentis
qu'en traversant la dernière pâture. J'avais besoin
d'aide, et vite ! Je retournais à Chippenden. À présent, seul l'Épouvanteur pouvait me secourir.

Lorsque j'atteignis la clôture, les animaux cessèrent
leur tapage. Je me retournai. Je ne vis que la route
poussiéreuse, de l'autre côté de la ferme, longue
traînée sombre sur le damier grisâtre des champs.

J'aperçus alors une lumière, sur la route. Une carriole approchait. Était-ce maman ? Un instant, je fus
rempli d'espoir. Mais, tandis que le véhicule passait
le portail, j'entendis une toux grasse et un bruit de

crachat. C'était Groin-Groin, qui venait s'occuper de nos cochons. Après avoir égorgé les bêtes, il devait les écorcher et découper la viande. C'était un long travail, voilà pourquoi il arrivait de bonne heure.

Bien que cet homme ne m'eût jamais fait aucun mal, j'étais toujours soulagé de le voir partir, sa tâche achevée. Maman ne l'aimait pas beaucoup, elle non plus. Elle détestait sa façon répugnante de se racler la gorge et de cracher dans notre cour.

C'était un homme de haute taille, encore plus grand que Jack, aux avant-bras musculeux. Dans ce métier, mieux valait être musclé ! Les cochons pesaient leur poids, et ils se débattaient comme des fous pour éviter le couteau. Groin-Groin était toujours débraillé. Ses chemises trop courtes, à demi déboutonnées, découvraient un ventre blanc, gras et velu, retombant sur le tablier de cuir qui protégeait son pantalon des taches de sang. Malgré ses cheveux clairsemés, il n'avait probablement pas plus de trente ans.

Déçu que ce ne soit pas maman, je le regardai décrocher la lanterne de la carriole et déballer son matériel, qu'il installa devant la grange, à côté de la porcherie.

Je me secouai : j'avais perdu assez de temps. J'escaladais la clôture pour entrer dans le bois quand, du coin de l'œil, je perçus un mouvement sur la pente, au-dessous de moi. Une ombre était sur mes traces.

C'était Alice. Je ne voulais pas qu'elle me suive, mais c'était l'occasion de mettre les choses au clair avec elle. Je m'assis donc sur la barrière pour l'attendre. Je n'eus pas à patienter longtemps, car elle courut tout le long du chemin.

Elle s'arrêta à une dizaine de pas de moi, les poings sur les hanches, tâchant de reprendre haleine. J'examinai d'un air réprobateur sa robe noire et ses souliers pointus. J'avais fait tant de bruit en dévalant les escaliers que j'avais dû la réveiller. Elle avait eu rudement vite fait de s'habiller, pour m'avoir déjà rattrapé !

– Je n'ai rien à te dire ! lui lançai-je, d'une voix chevrotante et plus aiguë qu'à l'ordinaire, qui trahissait ma nervosité. Et arrête de me suivre, ça ne sert à rien ! On t'a laissé ta chance, tu ne l'as pas saisie ; alors, à partir de maintenant, tu as intérêt à ne plus te montrer à Chippenden !

– Et toi, tu as intérêt à m'écouter ! Mère Malkin est là !

– Je sais ! Je l'ai vue !

– Elle n'est pas seulement apparue dans le miroir ! Elle est là, quelque part dans la maison ! s'écria Alice en désignant notre ferme.

– Je le sais, je te dis ! répliquai-je avec colère. J'ai vu sa trace, à la lumière de la lune. Et, quand je suis monté te prévenir, qu'est-ce que j'ai découvert ? Que tu étais déjà en grande conversation avec elle, et sans doute pas pour la première fois !

Je me souvenais que, la nuit précédente, lorsque j'avais apporté le livre à Alice, la chandelle fumait devant le miroir, comme si elle avait été soufflée à la hâte.

– C'est toi qui l'as amenée ici, l'accusai-je. C'est toi qui lui as dit où j'étais.

– Ce n'est pas vrai, me rétorqua-t-elle avec la même colère.

Elle fit trois pas vers moi :

– J'ai senti son approche, et je me suis servie du miroir pour voir où elle était. Je ne me doutais pas qu'elle était si près, figure-toi ! Par chance, tu es entré ; et tu as brisé ce miroir !

J'aurais bien voulu la croire, mais pouvais-je lui faire confiance ? Elle s'avança encore d'un pas, et je passai une jambe de l'autre côté de la barrière, prêt à sauter.

– Je retourne à Chippenden, dis-je. Je vais chercher M. Gregory. Il saura quoi faire.

– On n'a plus le temps ! Pense au bébé ! Mère Malkin est venue s'en prendre à toi, mais elle est assoiffée de sang. Il lui faut le meilleur, le plus jeune, celui qui lui donnera le plus de forces.

J'avais eu si peur que j'en avais oublié la petite Mary ! Alice avait raison. La sorcière voulait son sang. Quand je reviendrais avec l'Épouvanteur, il serait trop tard.

– Qu'est-ce que je peux faire ? demandai-je. Je n'ai aucune chance contre Mère Malkin.

Alice haussa les épaules.

– Ça te regarde, fit-elle en pinçant les lèvres. Le vieux Gregory ne t'a-t-il rien appris d'utile ? Si tu ne l'as pas noté dans ton cahier, c'est peut-être dans un coin de ta tête ? Tâche de te rappeler !

– Il ne m'a pas beaucoup parlé des sorcières, dis-je, soudain déçu de l'enseignement de mon maître. J'ai surtout travaillé les gobelins, un peu les fantômes et les ombres ; alors que tous mes problèmes sont dus aux sorcières.

Je me défiais encore d'Alice, mais, après ce qu'elle venait de me dire, je ne pouvais plus me rendre à Chippenden. Je ne ramènerais jamais l'Épouvanteur à temps. En m'avertissant du danger qui menaçait le bébé, elle paraissait sincère. Cela dit, si elle était possédée, ou complice de Mère Malkin, elle utilisait là le meilleur argument pour me convaincre de retourner à la ferme, le meilleur argument pour me tenir éloigné de l'Épouvanteur, et me garder à portée de main de la sorcière. À l'heure qu'elle choisirait, je serais sa proie.

En redescendant de la colline avec Alice, je restai à distance. Comme nous entrions dans la cour de la ferme, je la rattrapai et nous longeâmes la grange côte à côte.

Groin-Groin aiguisait ses couteaux. Il leva les yeux et me salua d'un signe de la main. Je le saluai de même. Il examina Alice de la tête aux pieds sans dire un mot. Puis, juste avant que nous pénétrions dans la maison, il lâcha un sifflement moqueur.

Alice fit celle qui n'avait pas entendu. Avant de préparer le petit déjeuner, elle alla décrocher le poulet qui pendait à un crochet près de la porte et qu'elle avait vidé et plumé la veille au soir en prévision du repas de midi. Elle commença à frotter la volaille avec du sel, concentrée sur ses gestes.

En la regardant faire, cela me revint soudain : le sel et le fer ! Le mélange que l'Épouvanteur utilisait pour garder un gobelin au fond d'un puits ! Je n'étais pas sûr qu'on puisse l'utiliser contre une sorcière, mais ça valait la peine d'essayer. Si je jetais cette mixture à la tête d'un possédé, Mère Malkin sortirait peut-être de son corps.

Préférant qu'Alice ne me voie pas puiser dans le pot à sel, j'attendis qu'elle en ait terminé avec ses tâches culinaires et qu'elle ait quitté la cuisine. Puis, avant de m'attaquer aux travaux de la ferme, je fis un détour par l'atelier de papa.

J'eus vite fait de trouver ce que je cherchais. Avisant la collection de limes alignées au-dessus de l'établi, je m'emparai de la plus grosse. J'entamai avec mon outil le rebord d'un vieux seau. Le crissement du métal contre le métal me fit mal aux dents ; par chance, un autre bruit le couvrit presque aussitôt : le cri d'un cochon qu'on égorge, le premier des cinq sacrifiés.

Je savais que Mère Malkin pouvait se trouver n'importe où ; et, si elle n'avait encore possédé personne, elle pouvait choisir sa victime à tout instant. Je devais rester sur mes gardes. Au moins avais-je peut-être un moyen de la combattre.

Jack voulait toujours que j'aille aider Groin-Groin ; j'inventais chaque fois une excuse, prétendant avoir ci ou ça à terminer. Ce jour-là, plus que jamais, pas question de rester coincé avec le charcutier ! Il me fallait avoir un œil sur tout le monde. Je n'étais que de passage à la ferme, j'espérais donc que mon frère n'insisterait pas ; mais ce n'était pas gagné d'avance.

Après le déjeuner, tirant une tête de trois pieds de long, il alla prêter main-forte à Groin-Groin. C'était exactement ce que j'attendais. S'il travaillait devant la grange, je l'observerais de loin. Je m'arrangeai également pour surveiller Alice et Ellie, l'une ou l'autre pouvant être possédée. Certes, si c'était Ellie, je n'aurais guère de chances de sauver le bébé : la petite était la plupart du temps dans les bras de sa mère, ou dormait dans son berceau tout près d'elle.

J'avais du sel et de la limaille de fer ; j'ignorais si la quantité serait suffisante. Le mieux aurait été de disposer d'une chaîne d'argent, même courte. Je me souvenais d'avoir entendu maman, quand j'étais petit, parler à papa d'une chaîne d'argent lui appartenant. Je ne la lui avais jamais vue au cou ; elle se trouvait peut-être dans la chambre, ou dans le cagibi que maman tenait verrouillé.

La chambre de mes parents, elle, n'était pas fermée à clé. Habituellement, pour rien au monde je n'y serais entré sans permission. Là, j'étais en pleine détresse. Je fouillai dans la boîte à bijoux de maman. Elle contenait des broches et des bagues, mais pas de chaîne d'argent. Espérant mettre la main sur la clé du cagibi, je furetai dans toute la pièce, ouvrant chaque tiroir, honteux d'agir ainsi, et le faisant quand même.

Pendant que je fourrageais, j'entendis les grosses bottes de Jack résonner dans l'escalier. Je me figeai, osant à peine respirer. Heureusement, il monta dans sa propre chambre, y resta un moment, puis redescendit. Je terminai mon exploration sans avoir rien trouvé, aussi retournai-je à ma surveillance des uns et des autres.

Toute la journée, l'air avait été immobile. Or, alors que je marchais vers la grange, une brise se leva. Le soleil descendait, dispensant une chaude lumière orangée annonciatrice de beau temps pour le lendemain. Trois cochons fraîchement égorgés étaient suspendus tête en bas à d'énormes crochets, devant la grange.

Le sang du dernier s'écoulait dans un seau. Groin-Groin s'occupait du quatrième, qui lui donnait du fil à retordre. C'était à se demander lequel des deux grognait le plus fort. Jack, la chemise trempée de sang, me jeta un regard noir. Je passai en souriant et en lui adressant un petit geste de la main. Tous deux étaient en plein travail, et ils étaient loin d'avoir terminé. Ils seraient à l'ouvrage bien après le coucher du soleil. Pour le moment, je ne décelais en eux aucun signe de déséquilibre, pas le moindre indice de possession.

Une heure plus tard, il faisait nuit. Jack et Groin-Groin travaillaient toujours à la lumière du feu qui projetait leurs ombres dansantes dans la cour.

L'horreur commença alors que j'allais chercher un sac de pommes de terre dans le cabanon, à l'arrière de la grange.

Un cri s'éleva, un cri de pure terreur, le cri d'une femme face à la pire chose qui puisse lui arriver.

Laissant tomber mon sac, je retournai en courant devant la grange. Là, je stoppai brusquement devant un spectacle incroyable.

Ellie était là, les deux bras levés, hurlant comme une torturée. Jack était étendu à ses pieds, le visage couvert de sang. Je crus d'abord qu'Ellie criait parce que Jack était mort. Puis je compris que c'était à cause de Groin-Groin.

Celui-ci me fit face, comme s'il m'attendait. Il tenait dans la main gauche son couteau favori, dont la longue lame lui servait à égorger les cochons. Je me pétrifiai, horrifié : dans son bras droit replié, le charcutier tenait le bébé.

Les bottes de Groin-Groin étaient rouges de sang, et des gouttes épaisses continuaient de tomber de son tablier. Il approcha le couteau de l'enfant.

– Viens, petit ! me lança-t-il. Allez, viens !

Et il rit.

Sa bouche s'était ouverte, pourtant la voix n'était pas la sienne. C'était celle de Mère Malkin. Ce n'était pas non plus son rire tonitruant, mais le ricanement de la sorcière.

J'avançai lentement vers lui ; un pas, un autre pas. Je voulais venir le plus près possible, je voulais sauver la petite Mary. J'essayai d'aller plus vite, j'en fus incapable. Mes pieds pesaient une tonne, mes jambes refusaient de m'obéir, comme dans ces cauchemars où on n'arrive plus à courir.

Soudain, une sueur glacée me coula dans le dos : je venais de comprendre que je ne marchais pas vers Groin-Groin parce que je l'avais décidé, mais parce que Mère Malkin m'y obligeait. Elle m'attirait vers elle, au rythme qu'elle avait choisi. J'étais condamné à mourir, victime d'un envoûtement.

J'avais ressenti la même chose au bord de la rivière. Par chance, au dernier moment, mon bras et ma main, agissant à mon insu, avaient repoussé Mère Malkin dans l'eau. À présent, mes membres étaient aussi gourds que mon esprit.

J'approchais de Groin-Groin, de son couteau qui m'attendait. Son visage se boursouflait, comme si la sorcière, au-dedans de lui, déformait son front, distendait ses joues et poussait ses yeux hors de leurs orbites. Et ses yeux étaient ceux de Mère Malkin. Leurs prunelles rougeoyaient, projetant sur cette face hideuse une lueur sinistre.

Je fis encore un pas, et sentis mon cœur cogner. Un autre pas, et il palpita de nouveau. J'étais tout près, maintenant. *Poum,* un pas, *poum,* un battement de cœur.

Je n'étais plus qu'à cinq pas du couteau quand j'entendis un bruit de course précipitée, et la voix d'Alice criant mon nom. Du coin de l'œil, je la vis surgir de l'ombre et bondir dans la lumière du feu. Elle fonçait vers Groin-Groin, ses longs cheveux noirs flottant derrière elle. Sans ralentir, elle décocha au charcutier un coup de pied, qui l'atteignit juste au-dessus de son tablier de cuir. La pointe du soulier s'enfonça si profondément dans le gras de son ventre que seul le talon resta visible.

Groin-Groin suffoqua, se plia en deux et lâcha le bébé. Agile comme un jeune chat, Alice se laissa tomber à genoux et rattrapa le nourrisson juste avant qu'il ne touche le sol. Puis elle s'élança vers Ellie.

À l'instant où le bout du soulier pointu avait touché le ventre du charcutier, l'envoûtement avait été brisé. J'étais de nouveau libre, libre de mes mouvements, libre de passer à l'attaque.

Groin-Groin s'était redressé et, s'il avait lâché le bébé, il tenait toujours son couteau. Je le regardai venir vers moi. Il titubait légèrement. Peut-être était-il un *déséquilibré*, peut-être était-ce seulement dû au coup reçu.

Je sentis monter en moi un tourbillon de sentiments : de la peine, à cause de la mort de Jack, de l'effroi, à cause du danger couru par le bébé, de la colère pour ce qu'on avait fait subir à ma famille. Et je sus alors que j'étais né pour devenir épouvanteur, le meilleur que le pays ait connu. Oui, je le serais, et maman serait fière de moi.

Toute peur m'avait quitté, je n'étais plus que feu et glace. La colère qui bouillonnait au fond de moi comme une lave brûlante menaçait d'exploser, tandis que je demeurais impassible, l'esprit clair et froid, le souffle paisible.

J'enfonçai les mains dans mes poches, les refermai sur leur contenu. Puis je lançai à la tête de Groin-Groin une poignée de poudre blanche avec ma main droite, une poignée de poudre noire avec ma main gauche. Elles se mélangèrent, formant un nuage noir et blanc qui se répandit sur son visage et sur ses épaules.

Le sel et le fer, si efficaces contre les gobelins ! Le fer qui absorbe leur force, le sel qui les brûle. Le fer limé sur le rebord d'un vieux seau, le sel pris dans la cuisine de maman... Je n'avais plus qu'à espérer que cela agirait de la même façon contre la sorcière.

Prendre cette poudre dans les yeux devait au moins faire tousser et cracher n'importe qui. L'effet sur Groin-Groin fut foudroyant. Il lâcha son couteau, ses yeux se révulsèrent, et il tomba à genoux. Son front heurta violemment le sol et une moitié de son visage se déforma.

Quelque chose d'épais et de gluant suinta de sa narine gauche. J'observai le phénomène, incapable de bouger. Mère Malkin sortit en se tortillant, sous l'aspect que je lui connaissais, sauf qu'elle était quatre fois plus petite qu'auparavant. Ses épaules m'arrivaient à peine aux genoux, et ses cheveux gris emmêlés retombaient toujours sur son dos bossu comme des rideaux moisis. Elle portait son long manteau qui traînait à terre. Seule sa peau était différente. Elle luisait et semblait se tordre et s'étirer bizarrement. Les yeux rougeoyants, eux, n'avaient pas changé. Ils me lancèrent un regard plein de rage. Puis la sorcière se dirigea vers le côté de la grange en continuant de rétrécir. Ne sachant que faire de plus, je la regardai s'éloigner, trop épuisé pour réagir.

Alice, elle, ne l'entendait pas ainsi. Ayant rendu Mary à sa mère, elle courut vers le feu, en sortit un tison, et s'élança à la poursuite de Mère Malkin.

Je compris son intention : au contact de la branche incandescente, la sorcière prendrait feu. Quelque chose en moi refusait cette solution ; c'était trop horrible. Alors qu'Alice passait près de moi, je l'agrippai donc par la manche, et elle laissa tomber la torche improvisée.

Elle me fit face avec une telle expression de fureur que je m'attendis à goûter à mon tour de la pointe de son soulier. Au lieu de ça, elle emprisonna mes avant-bras entre ses mains, et ses ongles pénétrèrent profondément dans ma chair.

– Endurcis-toi, si tu veux survivre ! me siffla-t-elle au visage. Si tu te contentes de suivre les conseils du vieux Gregory, tu mourras, comme les autres.

Elle me lâcha, et je vis des gouttes de sang perler sur ma peau là où ses ongles s'étaient enfoncés.

– Une sorcière doit être brûlée, reprit-elle d'une voix moins acerbe, si on veut être sûr qu'elle ne reviendra pas. L'enfermer au fond d'une fosse ne suffit pas ; ça ne fait que retarder les choses. Le vieux Gregory le sait, mais il est trop timoré pour avoir recours au feu. Maintenant, c'est trop tard...

Mère Malkin disparaissait dans l'ombre, à l'angle de la grange, rétrécissant à chaque pas, son manteau noir traînant derrière elle.

Je m'aperçus alors que la sorcière avait fait une erreur fatale. Elle avait pris la mauvaise direction et s'apprêtait à traverser la porcherie. Elle était à présent si petite qu'elle pouvait passer sous la planche la plus basse.

Or, les cochons avaient eu une sale journée. Cinq d'entre eux avaient été massacrés, le bruit et l'agitation avaient dû grandement perturber les autres. Ils étaient donc de fort mauvaise humeur, c'était le moins qu'on puisse dire, et ce n'était certainement pas le moment d'entrer dans leur domaine. De gros cochons comme ceux-là sont capables de dévorer n'importe quoi... Bientôt, ce fut au tour de Mère Malkin de hurler. Et elle hurla longtemps.

– C'est aussi efficace que le feu, commenta Alice quand les cris cessèrent enfin.

Elle paraissait soulagée. Je l'étais également. Nous étions heureux, l'un et l'autre, que ce soit fini. Je me contentai de hausser les épaules, trop fatigué pour réfléchir davantage. Mais, lorsque je me tournai vers Ellie, son expression ne me plut pas.

Ellie était aussi terrifiée qu'horrifiée. Elle nous dévisageait comme si elle n'arrivait pas à croire que nous avions fait cela, comme si, pour la première fois, elle découvrait qui j'étais.

Et moi, pour la première fois, je comprenais ce que signifiait d'être l'apprenti de l'Épouvanteur. J'avais vu des gens traverser la rue pour nous éviter. Je les avais vus trembler ou se signer à notre passage, sans ressentir cela comme un outrage personnel. Dans mon esprit, c'était leur réaction face à l'Épouvanteur, elle ne me concernait pas.

Maintenant, je ne pouvais plus l'ignorer, le repousser dans un coin de ma tête. Cela m'arrivait, à moi, dans ma propre maison.

Je me sentis soudain plus seul que jamais.

14
Les conseils de l'Épouvanteur

Heureusement, Jack n'était pas mort. Je n'osai pas poser trop de questions, car tout le monde était encore bouleversé. Je crus comprendre qu'à l'instant où Groin-Groin s'apprêtait à trancher la gorge du cinquième cochon, il était devenu fou furieux. Il s'était jeté sur mon frère, qui s'était assommé en heurtant une pièce de bois dans sa chute. Le sang qui lui couvrait le visage était du sang de cochon.

C'est alors que Groin-Groin s'était précipité dans la maison pour s'emparer du bébé. Il voulait sans doute l'utiliser comme appât pour m'attirer à lui et utiliser son couteau contre moi.

Évidemment, ce récit n'est pas tout à fait exact, car ce n'était pas Groin-Groin qui agissait ainsi. Il était possédé ; Mère Malkin se servait de son corps. Quelques heures plus tard, notre charcutier revint à lui, et il repartit en frictionnant son ventre douloureux. Il ne se souvenait plus de rien, et aucun de nous ne souhaitait l'éclairer sur ce qui s'était passé.

Personne ne dormit beaucoup, cette nuit-là. Après avoir allumé le feu dans la cheminée, Ellie resta dans la cuisine et garda la petite Mary près d'elle ; elle ne voulait plus la quitter des yeux un seul instant. Jack alla se coucher avec un violent mal de tête ; il dut se relever plusieurs fois pour aller vomir dans la cour. Alice était montée dans sa chambre.

Maman revint une heure avant l'aube. Elle semblait contrariée, comme si quelque chose la tourmentait.

Je pris son sac pour le porter dans la maison.

– Tu vas bien, maman ? demandai-je. Tu as l'air fatiguée.

– Ce n'est rien, mon fils. Mais que s'est-il passé, ici ? À ta mine, je devine que vous avez eu des problèmes.

– C'est une longue histoire. Rentrons d'abord !

Quand nous pénétrâmes dans la cuisine, Ellie fut si soulagée qu'elle fondit en larmes. Jack descendit alors, et nous voulûmes tous trois faire à maman le récit des derniers événements. Jack se mit à vociférer, comme à son habitude. Maman le fit taire aussitôt :

– Baisse la voix, Jack ! C'est encore ma maison, ici, et je ne supporte pas les cris.

Il fut vexé d'être réprimandé ainsi devant Ellie, mais il n'osa protester.

Maman exigea de chacun un compte rendu détaillé, en commençant par Jack. Quand vint mon tour, elle envoya Ellie et Jack au lit, de sorte que nous puissions parler seul à seule. En fait, elle se contenta de m'écouter calmement en me tenant la main.

Enfin, elle monta à la chambre d'Alice et passa un long moment avec elle.

Le soleil venait de se lever quand l'Épouvanteur se présenta. Je m'attendais, je ne sais pourquoi, à sa venue. Il resta devant le portail, et je le rejoignis pour raconter une fois de plus tout ce qui s'était passé. Il m'écouta, appuyé sur son bâton. Quand j'eus fini, il hocha la tête :

– Je pressentais que quelque chose n'allait pas. J'arrive trop tard, mais tu as bien agi, petit. Tu as fait preuve d'initiative, et tu as su te souvenir de mes enseignements. Lorsque rien d'autre ne marche, tu peux toujours compter sur le sel et le fer.

– Aurais-je dû laisser Alice brûler Mère Malkin ? demandai-je.

Il soupira et se gratta la barbe :

– Je te l'ai dit, c'est un acte cruel de brûler une sorcière. Personnellement, je n'utilise jamais ce moyen.

– Je suppose que j'aurai de nouveau à affronter Mère Malkin un jour ou l'autre ?

Mon maître sourit :

– Non, petit ! Tu peux être tranquille, elle ne reviendra pas dans ce monde. Pas après avoir connu pareille fin ! Rappelle-toi ce que je t'ai appris : on peut se débarrasser d'une sorcière en mangeant son cœur tout cru. Tes cochons s'en sont chargés.

– Ils n'ont pas seulement mangé son cœur, ils l'ont dévorée tout entière ! Alors, c'est sûr ? Je n'ai plus rien à craindre d'elle ?

– Non, tu n'as plus rien à craindre de Mère Malkin. D'autres dangers se préparent, aussi sérieux. Mais, pour l'instant, tu es en sûreté.

Il me sembla qu'on ôtait de mes épaules un pesant fardeau. J'avais vécu un cauchemar, et, cette menace écartée, le monde m'apparaissait plus éclatant, l'avenir plus radieux.

– Enfin, tu es en sûreté tant que tu ne commets pas une autre grosse erreur ! reprit l'Épouvanteur. Et ne prétends pas que ça ne t'arrivera plus ! Celui qui n'en fait pas est celui qui ne fait rien. Pas d'apprentissage sans risque d'erreur ! Bien, quelle tâche nous attend, maintenant ?

Il regarda au loin, plissant les yeux dans la lumière du soleil levant.

– De quoi parlez-vous ? demandai-je, surpris.

– Je parle de la fille. Je crains qu'elle soit bonne pour le puits. Je ne vois pas d'autre moyen.

– Elle a sauvé le bébé ! protestai-je. Et elle m'a sauvé la vie !

– Elle s'est servie du miroir, petit ! C'est mauvais signe. Lizzie lui a appris beaucoup de choses, beaucoup trop. Et Alice a prouvé qu'elle savait en user. Que tentera-t-elle la prochaine fois ?

– C'était dans une bonne intention ! Elle voulait savoir où était Mère Malkin.

– Peut-être, mais elle en sait trop, et elle est intelligente. Ce n'est encore qu'une jeune fille. Un jour, elle sera une femme, et rien n'est plus dangereux qu'une femme intelligente.

– Maman est intelligente, répliquai-je, froissé. Et elle est bonne. Elle agit toujours pour le mieux. Elle utilise ses dons pour aider les gens. Une année, alors que j'étais encore tout gamin, les ombres de la colline du Pendu m'effrayaient tant que je ne pouvais plus dormir. Maman s'est rendue là-bas après la tombée du jour, et elle les a fait taire. Elles sont restées silencieuses pendant des mois.

Lors de notre première matinée passée ensemble, il avait prétendu qu'on ne pouvait rien contre les ombres. Je n'avais pas osé le contredire, bien que maman m'eût prouvé que c'était faux. Là, ça m'avait échappé, et j'aurais peut-être été plus avisé de me taire.

L'Épouvanteur ne fit aucun commentaire. Il fixait la maison.

Je suggérai :

— Demandez à maman ce qu'elle pense d'Alice. Elle semble avoir une bonne opinion d'elle.

— C'est mon intention, en effet. Il est temps que nous ayons une petite conversation. Attends-moi ici !

Je le regardai traverser la cour. Avant qu'il ait atteint la maison, la porte s'ouvrit et maman sortit pour l'accueillir.

Leur entretien dura presque une demi-heure, et je ne pus savoir s'ils avaient évoqué le problème des ombres. Lorsque l'Épouvanteur réapparut enfin sous le grand soleil, maman resta sur le seuil. Mon maître eut alors un geste inhabituel. Du moins, je ne l'avais jamais vu le faire. Je crus d'abord qu'il saluait simplement maman de la tête ; or c'était plus que ça. Il y avait ajouté un mouvement des épaules, léger mais très net. Pas de doute, l'Épouvanteur s'était incliné devant elle !

Il vint vers moi, traversant la cour dans l'autre sens et souriant à lui-même :

— Je retourne à Chippenden, à présent. Toi, ta mère souhaite te garder cette nuit. De toute façon, soit tu ramènes la fille à Chippenden, et on l'enferme dans un puits, soit tu la conduis chez sa tante, à Staumin. À toi de choisir ! Suis ton instinct et agis pour le mieux !

Il s'en alla, me laissant avec des questions plein la tête. Mon choix était déjà fait, mais comment savoir si c'était le bon ?

Je profitai donc encore une fois d'un bon repas préparé par maman.

Entre-temps, papa était rentré. Bien que maman se soit montrée heureuse de le revoir, une atmosphère inhabituelle planait au-dessus de la tablée tel un nuage invisible. Ce ne fut pas un souper très joyeux, personne n'ayant grand-chose à dire.

Cependant, maman nous avait préparé un de ses délicieux ragoûts, et l'absence de conversation ne me dérangea guère, tant j'étais occupé à me remplir l'estomac et à me resservir avant que Jack n'eût nettoyé le plat.

Si mon frère avait retrouvé son appétit, il était quelque peu traumatisé, comme nous tous. Il s'était cogné violemment, la bosse sur son crâne en témoignait. Quant à Alice, je ne lui avais pas rapporté les paroles de l'Épouvanteur. Bien qu'elle ne dise pas un mot, je devinais qu'elle savait tout. La plus éteinte était Ellie. Malgré sa joie d'avoir retrouvé son bébé, elle avait été gravement choquée ; il lui faudrait du temps pour se remettre.

Bientôt, tout le monde monta se coucher, et maman me demanda de rester. Je m'assis près du feu, comme je l'avais fait la veille de mon départ en apprentissage. À l'expression de son visage je compris que notre conversation aurait un ton différent. Elle s'était montrée, ce soir-là, aussi ferme que confiante, persuadée que les choses iraient pour le mieux. À présent, elle paraissait triste et indécise.

— Depuis près de vingt-cinq ans que j'aide les bébés de ce comté à venir au monde, dit-elle en s'installant dans le rocking-chair, j'en ai perdu fort peu. Certes, c'est très triste pour le père et la mère, mais ce sont des choses qui arrivent. Cela arrive aussi aux bêtes qui mettent bas, tu l'as constaté toi-même, Tom.

Je hochai la tête. Chaque année, nous nous attendions à avoir quelques agneaux mort-nés.

— Cette fois, poursuivit maman, ce fut pire. Cette fois, la mère et l'enfant sont morts. Cela ne s'était jamais produit. Je connais les herbes et je sais les mélanger. Je sais enrayer une hémorragie. Cette femme était jeune et vigoureuse. Elle n'aurait pas dû mourir, et je n'ai pas pu la sauver. J'ai fait tout ce qui était en mon pouvoir, et je n'ai pas pu la sauver. J'en suis navrée, blessée au cœur.

Maman serra les poings contre sa poitrine en émettant une sorte de sanglot. Je crus qu'elle allait se mettre à pleurer ; ce fut un instant affreux.

— Maman, dis-je, des brebis meurent, et parfois même des vaches, lorsqu'elles mettent bas. Pourquoi pas une femme ? C'est un miracle que cela ne te soit encore jamais arrivé !

J'eus beaucoup de mal à la consoler. Elle était profondément affectée par ce malheur, et ne voyait plus que le côté obscur des choses.

— Nous entrons dans une époque bien sombre, mon fils, me dit-elle. Cela survient plus tôt que je le pensais. J'espérais que tu aurais le temps de devenir un homme, avec des années d'expérience derrière toi. Tu vas donc devoir écouter attentivement les enseignements de ton maître. Le plus petit détail peut avoir son importance. Il te faudra être prêt aussi vite que possible. Surtout, travaille bien ton latin !

Elle tendit la main :

— Montre-moi ce livre !

Elle le feuilleta, s'arrêtant fréquemment pour lire quelques lignes.

— Cela t'a-t-il aidé ?

— Pas beaucoup.

— C'est ton maître qui l'a écrit. Te l'a-t-il dit ?

Je secouai la tête :

— Alice prétend qu'il a été écrit par un prêtre.

Maman sourit :

— L'Épouvanteur a été prêtre, autrefois. Il te le dira certainement un jour, mais ne pose pas de questions. Laisse-le décider du moment.

— Est-ce de cela que vous avez parlé ?

— De ça, et de bien d'autres choses, principalement d'Alice. Il voulait savoir ce que j'envisageais pour elle. Je lui ai répondu que c'était à toi de trancher. As-tu déjà pris ta décision ?

Je haussai les épaules :

— Je ne suis pas sûr de moi, mais M. Gregory me conseille de faire confiance à mon instinct.

— C'est un bon conseil, mon fils.

— Mais toi, maman, qu'en penses-tu ? Que penses-tu d'Alice ? Est-elle sorcière ? Dis-moi au moins ça !

— Non, répondit-elle lentement, pesant chaque mot. Elle n'est pas sorcière, mais elle le deviendra un jour. Elle est née avec un cœur de sorcière, et elle n'a guère le choix, elle suivra cette voie.

— Dans ce cas, on devrait la fourrer au fond d'un trou à Chippenden, murmurai-je tristement.

— Rappelle-toi ce que ton maître t'a enseigné, reprit maman avec fermeté. Il existe plusieurs sortes de sorcières.

— Il y a les *bénévolentes* ! m'écriai-je. Tu penses qu'Alice deviendra une bonne sorcière, de celles qui viennent en aide aux gens ?

– Peut-être. Et peut-être pas. Veux-tu savoir le fond de ma pensée ? Je te préviens, ma réponse risque de te déplaire !

– Je le veux.

– Alice peut devenir ni bonne ni mauvaise, rester quelque chose entre les deux. Cela rendrait sa compagnie fort dangereuse. Elle pourrait t'empoisonner l'existence, être pour toi une plaie, un fardeau. À moins qu'elle ne se révèle, au contraire, la meilleure et la plus solide des amies. Cependant, malgré tous mes efforts, je n'arrive pas à prévoir comment elle tournera.

– Comment pourrais-tu le prévoir, maman ? M. Gregory ne croit pas aux prophéties. Il dit que l'avenir n'est pas fixé.

Maman posa une main sur mon épaule et la pressa doucement dans un geste rassurant.

– L'avenir reste toujours ouvert, dit-elle. Sache que l'une des plus importantes décisions que tu auras à prendre concernera Alice. Va te coucher, maintenant ! Offre-toi une bonne nuit de sommeil, si tu peux ! Tu repenseras à tout ça demain, à la lumière du jour.

Je n'interrogeai pas maman sur la façon dont elle avait réduit au silence les ombres de la colline du Pendu. Mon instinct me soufflait qu'elle ne souhaitait pas en parler. Il y a des questions qu'on ne pose pas. Les réponses viennent d'elles-mêmes, au moment propice.

Nous partîmes peu après l'aube, et mon moral était au plus bas. Ellie nous accompagna jusqu'au portail. Je m'arrêtai là et fis signe à Alice de continuer. Elle s'éloigna vers la colline d'un pas dansant, sans un regard en arrière.

— Il faut que je te parle de quelque chose, Tom, bien que cela me navre, me dit Ellie.

Je compris, au son de sa voix, que le sujet était grave. Je hochai la tête, mal à l'aise, tâchant de ne pas détourner les yeux. Les siens s'étaient emplis de larmes, et j'en fus troublé.

— Tu seras toujours le bienvenu ici, Tom, fit-elle en chassant de la main les mèches qui lui tombaient sur le front. Rien n'a changé.

Elle s'efforça de sourire avant de poursuivre :

— Mais nous devons penser à notre enfant. Aussi, tu ne devras jamais rester chez nous après la tombée de la nuit, car tu pourrais attirer on ne sait quoi. C'est ce qui a tant contrarié Jack, ces derniers temps. Je suis désolée d'avoir à te le dire, le métier que tu fais ne lui plaît pas du tout. Ça le terrifie, tout simplement. Et il a peur pour notre petite Mary. Nous avons peur, Tom, tu comprends ? Nous craignons que tu n'amènes avec toi des êtres malfaisants, et nous ne voulons en aucun cas mettre notre famille en danger. Viens nous rendre visite dans la journée, Tom, tant que le soleil brille et que les oiseaux chantent.

Ellie m'étreignit, ce qui me rendit encore plus malheureux. Je savais que quelque chose s'était dressé entre nous, et que rien ne serait jamais plus comme avant. J'avais la gorge si serrée que je fus incapable de parler.

Je regardai Ellie retourner vers la maison en réfléchissant de nouveau à la décision que j'avais à prendre.

Que devais-je faire d'Alice ?

Je m'étais réveillé avec la certitude que mon devoir consistait à la ramener à Chippenden. Cela m'apparaissait comme le seul choix raisonnable, la seule option juste et sûre. Lorsque j'avais accepté d'apporter les gâteaux à Mère Malkin, je m'étais laissé entraîner par mon bon cœur. Et voilà où ça m'avait conduit ! Mieux valait donc prendre dès à présent les mesures qui s'imposaient ; après, il serait trop tard. Comme disait mon maître, il fallait penser aux innocents auxquels elle pourrait nuire plus tard.

La première journée de notre voyage, nous n'échangeâmes pas trois mots. Je lui fis seulement savoir que je la ramenais à Chippenden, auprès de l'Épouvanteur. Si Alice se douta du sort qui l'attendait, elle n'émit aucune protestation. Le deuxième jour, alors que nous approchions du village et que nous commencions à gravir la pente des premières collines, à une mille à peine de la maison de l'Épouvanteur, je décidai de confier à Alice ce que j'avais gardé scellé au fond de moi depuis le moment où j'avais compris de quels ingrédients les gâteaux étaient faits.

Nous nous assîmes sur un talus herbeux, au bord de la route. Le soleil se couchait et la lumière baissait peu à peu. Je demandai :

— Alice, t'arrive-t-il de mentir ?

— Tout le monde ment une fois ou l'autre. Ne jamais mentir, ce n'est pas humain. Mais, la plupart du temps, je dis la vérité.

— Et la nuit où j'étais au fond de la fosse, quand je t'ai interrogée sur les gâteaux ? Tu as affirmé qu'il n'y avait pas eu d'autre enfant dans la maison de Lizzie. Était-ce vrai ?

— Je n'en avais pas vu.

— Tu es sûre ? Le premier enfant disparu n'était qu'un bébé. Il ne se serait pas déplacé seul.

Elle hocha la tête, puis fixa l'herbe devant elle.

— Il a pu être emporté par un loup, repris-je. C'est ce que pensaient les garçons du village.

— C'est possible, approuva Alice. Lizzie disait avoir vu des loups rôder dans les parages.

— Alors, les gâteaux ? Qu'y avait-il dedans, Alice ?

– Du rognon de porc et de la mie de pain.

– Et le sang ? Celui d'un animal n'aurait pas suffi à donner à Mère Malkin la force de tordre les barres de fer qui fermaient le puits. D'où venait ce sang, Alice ? De quel sang étaient faits les gâteaux ?

Alice se mit à pleurer. J'attendis patiemment qu'elle se calme avant d'insister :

– Alors ? D'où venait ce sang ?

– Lizzie disait que j'étais encore une enfant. Elle a utilisé mon sang bien des fois. Alors, une de plus ou de moins... Cela ne fait pas très mal, quand on a l'habitude. Comment aurais-je pu résister à Lizzie, de toute façon ?

Elle releva sa manche et tendit son bras. Il faisait assez clair pour que je voie les cicatrices. Certaines étaient anciennes, d'autres plus récentes. La plus fraîche suintait encore.

– J'en ai d'autres, beaucoup d'autres, murmura Alice. Je ne peux pas te les montrer toutes.

Je restai muet, ne sachant plus quoi dire. Mais ma décision était prise. Quelques instants plus tard, nous marchions dans le noir, tournant le dos à Chippenden.

J'étais résolu à conduire Alice directement à Staumin, où vivait sa tante. Je ne pouvais supporter l'idée qu'elle finisse ses jours au fond d'un puits dans le jardin de l'Épouvanteur. C'était trop affreux.

Je me souvenais d'un autre puits ; je me souvenais comment Alice m'avait sorti de la fosse creusée par Tusk juste avant que Lizzie l'Osseuse vienne s'emparer de ma carcasse. Et, surtout, Alice venait de prononcer les mots qui m'avaient fait changer d'avis. Elle avait été l'un de ces enfants innocents. Elle était une victime, elle aussi.

Nous fîmes bon voyage, et j'étais heureux de marcher en sa compagnie. Nous eûmes pour la première fois de vraies conversations. Elle m'enseigna quantité de choses. Elle savait bien mieux que moi les noms des étoiles, et capturait les lapins avec beaucoup d'adresse. Elle m'apprit à reconnaître la belladone et la mandragore, dont l'Épouvanteur ne m'avait jamais parlé. Je ne gobais pas tout ce qu'elle disait, mais je notais quand même, car elle avait été instruite par Lizzie l'Osseuse, et j'estimais important de connaître les croyances d'une sorcière. Alice distinguait au premier coup d'œil les champignons comestibles des vénéneux, ceux dont une seule bouchée peut vous paralyser le cœur ou vous rendre fou. Dans la rubrique « botanique » de mon cahier, j'ajoutai trois pages d'informations fort intéressantes.

Une nuit, alors que nous n'étions plus qu'à une journée de marche de Staumin, nous fîmes halte dans une clairière. Nous cuisîmes deux lapins dans les braises de sorte que leur chair fonde dans la bouche. Après le repas, Alice fit un geste très étrange. S'étant assise face à moi, elle me prit la main. Nous restâmes ainsi un long moment. Elle fixait les tisons ; moi, je regardais les étoiles. Je ne voulais pas briser la magie de cet instant, mais j'étais troublé. Ma main gauche tenait sa main gauche, et je me sentais coupable. Il me semblait être complice de forces obscures, et je savais que l'Épouvanteur n'aurait pas aimé cela.

Je ne pouvais me dissimuler la vérité : Alice serait sorcière, un jour. C'est alors que je compris combien maman avait raison. Ça n'avait rien à voir avec une quelconque prophétie. On le lisait dans les yeux d'Alice. Elle serait toujours entre les deux, ni tout à fait bonne, ni tout à fait mauvaise. Cependant, n'était-ce pas le cas pour chacun d'entre nous ?

Je lui laissai donc ma main, heureux de ce contact, bien réconfortant après tout ce que j'avais vécu, et en même temps empêtré de culpabilité.

Ce fut Alice qui retira sa main la première. Puis elle la passa sur mon bras, là où ses ongles m'avaient blessé, la nuit où j'avais détruit Mère Malkin. On voyait les petites cicatrices luire à la lueur des braises.

– Je t'ai imposé ma marque, dit-elle en souriant. Elle ne s'effacera jamais.

Je songeai que c'était une étrange parole, et je n'étais pas sûr de la comprendre. À la ferme, nous marquions notre bétail pour montrer qu'il nous appartenait et pour que les bêtes ne se mélangent pas avec celles des voisins. Comment pouvais-je appartenir à Alice ?

Le lendemain, nous traversâmes une vaste lande marécageuse, couverte de mousses. Nous finîmes par trouver la direction de Staumin.

Je ne vis pas la tante, car elle refusa de sortir pour me parler. Mais elle accepta de prendre Alice sous son toit et je n'eus pas à insister.

Il y avait près de là une large rivière. Avant que je reprenne la route de Chippenden, nous longeâmes l'une de ses rives jusqu'à la mer. Je fus un peu déçu. La journée était grise et venteuse, l'eau reflétait la couleur du ciel et les vagues battaient la côte avec violence.

– Tu seras bien, ici, déclarai-je, d'un ton aussi enjoué que possible. Ça doit être beau, au soleil.

– Je m'en arrangerai, dit Alice. Ça ne pourra pas être pire qu'à Pendle.

Je me sentis soudain plein de compassion pour elle. Moi, si je souffrais parfois de la solitude, j'avais au moins mon maître avec qui parler. Alice ne connaissait même pas sa tante, et cette mer sauvage me paraissait lugubre.

– Écoute, Alice, déclarai-je. Je suppose que nous ne nous reverrons pas, mais, si tu as besoin d'aide, fais-le-moi savoir.

Sans doute ai-je dit cela parce qu'elle était presque une amie, la seule que j'aie jamais eue. Et ce n'était pas une promesse aussi folle que la première. Cette fois, je ne m'engageais à rien de précis. Si elle me demandait quoi que ce soit un jour, j'en parlerais d'abord à l'Épouvanteur.

À ma grande surprise, Alice sourit, une curieuse étincelle dans le regard. Cela me rappela ce que disait papa, que les femmes savaient des choses que les hommes ignoraient, et qu'à de tels moments il ne fallait pas leur demander à quoi elles pensaient.

– Oh, nous nous reverrons ! murmura Alice. Je n'en doute pas.

– Je dois y aller, maintenant, dis-je en me détournant pour partir.

– Tu me manqueras, Tom. Ce ne sera pas pareil, sans toi.

– Tu me manqueras aussi, Alice, lui assurai-je en souriant.

Je crus avoir prononcé ces mots par simple politesse. À peine avais-je marché dix minutes que je compris mon erreur : chacun d'eux était vrai, et je me sentais déjà bien seul.

J'ai écrit ce récit de mémoire, en me servant également de mon cahier et de mon journal. Je suis de retour à Chippenden, désormais, et l'Épouvanteur est content de moi. Il trouve que je fais de gros progrès.

Lizzie l'Osseuse marine au fond du puits où mon maître avait gardé Mère Malkin. Les barres de fer ont été renforcées, et elle n'obtiendra jamais de moi le moindre gâteau de minuit. Quant à Tusk, il est enterré dans la fosse qu'il avait creusée pour moi.

Le pauvre Billy Bradley a retrouvé sa tombe, à l'extérieur du cimetière de Layton, et il a récupéré ses pouces. Ce ne fut pas facile de tout mener à

bien, mais c'est notre travail. « Il faut s'y faire »,
dirait papa.

Je voudrais préciser un dernier point.
L'Épouvanteur est d'accord avec maman : les
hivers deviennent plus longs, et l'obscurité gagne
du terrain. Il pense que notre travail va devenir de
plus en plus difficile.

Je garde donc cela à l'esprit, et je continue d'étudier. Comme maman me l'a dit une fois, on ne sait
jamais de quoi on est capable tant qu'on n'a pas
essayé. Alors, je vais essayer. Je vais essayer de mon
mieux, pour qu'elle soit fière de moi.

Je ne suis encore qu'un apprenti, mais un jour je
serai l'Épouvanteur.

Thomas J. Ward

Découvre la suite dans le deuxième tome :
La malédiction de l'épouvanteur.

Cet ouvrage a été mis en pages
par DV Arts Graphiques à Chartres

Impression réalisée sur CAMERON par

C P I
Brodard & Taupin
La Flèche

pour le compte des Éditions Bayard
en mars 2007

Imprimé en France
N° d'impression : 40828